马徐骏的《成名》里有句话让我印象深刻，他说，演讲是一次目的明确的表达。他四年前创业，做一个叫"回响"的演讲大会项目，要成为中国版的TED[1]。2024年1月1日是"回响"在疫情后第一次举办线下活动的日子，徐骏邀我登台演讲。

虽然我算得上有些经验的演讲者，但他有他的方法论，他要求无论以前我是怎么准备演讲的，这次必须按他的步调来。比如，必须要手抄演讲稿。后来演讲结束，我把手抄了多遍的演讲稿一页页铺开，很是壮观。

方法还有很多，我很认真地照做，像个听话的好学生。事实上，每位演讲的嘉宾都是如此，亚洲第一位登顶珠峰的盲人张洪老师甚至抄了30遍。这当然保证了每位演讲者的演讲效果，甚至

---

1 TED：美国的一家私有非营利机构，该机构以它组织的 TED 大会著称，这个会议的宗旨是"传播一切值得传播的创意"。

有几位都是第一次登台。

我演讲的内容——不说你也肯定能够猜到——是关于景德镇的。

《制瓷笔记2》即将出版，于是想到把这篇演讲稿塞进来。

刚好，用它代替序言。

在今年的跨年演讲中，面对台下的听众，我这样开始："在座有多少人去过景德镇的，可以举个手。"

没有几个人去过。

"有多少人知道景德镇是因为什么出名吗？"

对，所有人都知道是瓷器。

你看，哪怕是没去过，你也能脱口而出景德镇的特产，这样的城市，在全世界范围内，也没有几个城市可以做到。

那么景德镇到底是个什么样的地方呢？

十年前的景德镇，城市很小、很破败，从市中心往任何一个方向开车十五分钟就出城了。景德镇的人开车非常慢，到四十码就算是飙车了。当时，来景德镇的人都会觉得非常失望。景德镇虽然是个地级市，但那时候甚至都不如一个三线的小县城。

但我却辞职留在了景德镇，这是为什么呢？

2010年，我从海关辞职，去景德镇做瓷器，当时身边的人都觉得我疯了。那时候我在南昌海关人事教育处已经工作了十年，干得也还不错，正科都好几年了。2003年我就已经是全国最年轻有几位都是第一次登台。

我演讲的内容——不说你也肯定能够猜到——是关于景德镇的。

《制瓷笔记2》即将出版，于是想到把这篇演讲稿塞进来。

刚好，用它代替序言。

在今年的跨年演讲中，面对台下的听众，我这样开始："在座有多少人去过景德镇的，可以举个手。"

没有几个人去过。

"有多少人知道景德镇是因为什么出名吗？"

对，所有人都知道是瓷器。

你看，哪怕是没去过，你也能脱口而出景德镇的特产，这样的城市，在全世界范围内，也没有几个城市可以做到。

那么景德镇到底是个什么样的地方呢？

十年前的景德镇，城市很小、很破败，从市中心往任何一个方向开车十五分钟就出城了。景德镇的人开车非常慢，到四十码就算是飙车了。当时，来景德镇的人都会觉得非常失望。景德镇虽然是个地级市，但那时候甚至都不如一个三线的小县城。

但我却辞职留在了景德镇，这是为什么呢？

2010年，我从海关辞职，去景德镇做瓷器，当时身边的人都觉得我疯了。那时候我在南昌海关人事教育处已经工作了十年，干得也还不错，正科都好几年了。2003年我就已经是全国最年轻序言｜China到底牛在哪儿？

马徐骏的《成名》里有句话让我印象深刻，他说，演讲是一次目的明确的表达。他四年前创业，做一个叫"回响"的演讲大会项目，要成为中国版的TED[1]。2024年1月1日是"回响"在疫情后第一次举办线下活动的日子，徐骏邀我登台演讲。

虽然我算得上有些经验的演讲者，但他有他的方法论，他要求无论以前我是怎么准备演讲的，这次必须按他的步调来。比如，必须要手抄演讲稿。后来演讲结束，我把手抄了多遍的演讲稿一页页铺开，很是壮观。

方法还有很多，我很认真地照做，像个听话的好学生。事实上，每位演讲的嘉宾都是如此，亚洲第一位登顶珠峰的盲人张洪老师甚至抄了30遍。这当然保证了每位演讲者的演讲效果，甚至

1　TED：美国的一家私有非营利机构，该机构以它组织的 TED 大会著称，这个会议的宗旨是"传播一切值得传播的创意"。

制瓷 笔记

2

一个瓷人的思索、怀想与生活

涂睿明 著

九州出版社

图书在版编目（CIP）数据

制瓷笔记. 2 / 涂睿明著. --北京：九州出版社，
2022.12

ISBN 978-7-5225-1531-1

Ⅰ. ①制… Ⅱ. ①涂… Ⅲ. ①散文集－中国－当代
Ⅳ. ①I267

中国版本图书馆CIP数据核字（2022）第234374号

制瓷笔记2

作　　者　涂睿明　著
选题策划　于善伟　毛俊宁
责任编辑　毛俊宁
封面设计　吕彦秋
出版发行　九州出版社
地　　址　北京市西城区阜外大街甲35号（100037）
发行电话　（010）68992190/3/5/6
网　　址　www.jiuzhoupress.com
印　　刷　北京盛通印刷股份有限公司
开　　本　880毫米×1230毫米　32开
印　　张　9.75
字　　数　200千字
版　　次　2024年3月第1版
印　　次　2024年3月第1次印刷
书　　号　ISBN 978-7-5225-1531-1
定　　价　88.00元

的国家公务员面试考官。而且我在中央财经大学，学的是经济信息管理，跟陶瓷八杆子打不着。专业跟陶瓷无关，工作又是公务员，忽然要裸辞去做瓷器。很多人觉得我是脑子进水了。

其实是因为我自己一直就不喜欢机关的工作，当我遇到陶瓷之后，觉得能把爱好和事业结合起来，是人生中最幸福的事，所以就义无反顾地辞了职。待在景德镇做瓷器，研究瓷器。十几年下来，也算是取得了一些小小的成绩，目前已经出版了五本书包括《捡来的瓷器史》《古瓷之光》等，也拿了不少图书奖。同时还有了自己的两个瓷器品牌，一个叫"长窑"，另一个叫"观味"。

虽然当时的景德镇还非常的破败，但我那个时候就不停地和周围的人说，景德镇未来会好到你们想都想不到的样子。不过，朋友们只是笑笑，其实根本没有人相信。可今天的景德镇，的确是当时完全无法想象的样子。

国庆期间，小红书文旅热搜排名，第一名是迪士尼，第二名是景德镇，第三名才轮到北京的环球影城。

在景德镇，你随便拐进一条小巷，就能碰上身怀绝技的高手匠人。这几年，景德镇手工茶器在网上爆火。最好的直播间月销数千万。而且景德镇有很多的年轻人，很有活力。更让你想不到的是，景德镇还非常国际化。

去年，英国建筑设计大师大卫·奇普菲尔德，获得了建筑界的最高奖。这件事居然在景德镇引起热议，因为他在景德镇的建筑作品就有两个。

享誉世界的英国籍日本陶艺家安田猛，已经把景德镇当做他的第二故乡，他的妻子Felicity是英国皇家艺术学院的教授，同样是世界知名的陶艺家，他们在景德镇生活了近二十年。事实上景德镇聚集了来自全国乃至世界各地的设计师、艺术家、创业者。景德镇全城遍布各种美术馆、工作室。

今天的这一切，在过去的景德镇的本地人来说，是完全无法想象的。那我为什么在十年前就能预测到景德镇今天的繁荣，是怎么看到景德镇被严重低估的文化和商业价值呢？我是学经济学的，又不是学算命的对吧。也许我对这个城市的观察与思考，会对你判断一些事物未来的走向有些帮助，我来跟你详细讲讲景德镇的故事，会比电影更精彩。

我先来问你一个问题，"中国瓷都"是哪里？

你肯定会说，景德镇啊！这还用问？

但是不，你错了，中国瓷都在2004年，被授予了广东潮州。其实到今天为止，"中国瓷都"的称号都不属于景德镇。因为当年，景德镇的陶瓷工业产值，都抵不过潮州的零头。

我们传统的印象里，景德镇一直是瓷器的代表，一直都很强大。但其实在历史上，景德镇经历了很多坎坷，它有它的高光年代，也有它的至暗时刻。

景德镇其实之前叫昌南镇，公元1004年，地方上给皇帝宋真宗进贡了一批瓷器。皇帝非常喜欢，就把当年的年号赐给了昌南镇，而那一年的年号，就是景德。于是昌南镇成了景德镇。不过，虽然得到了皇帝的认可，但当时宋代著名的瓷器窑口实在是太多了，景德镇并没有独领风骚。

那后来它是怎么做到独步天下的呢？

公元1602年，荷兰人抢劫了一艘葡萄牙的货船，船上满载了一批景德镇的青花瓷，这批瓷器被拉到阿姆斯特丹拍卖，结果你猜怎么着？卖完的钱足够在当地买房，不是买一栋，也不是买十栋，而是足足可以买450栋！可以想见，这批瓷器在荷兰能够引发怎样的狂热。事实上这种狂热在欧洲持续了几百年。

青花瓷除了是奢侈品，被全世界疯狂抢购，在古代还是顶尖的黑科技，跟今天的芯片一样，不是谁想造就能造的。

前几年我在上海博物馆的展览上拍到两件瓷器。它看上去几乎一模一样，但一件是景德镇的瓷器，而另一件却是远在欧洲的荷兰人的山寨品。但它并不是瓷器，只是陶器，品质和价值远远比不上青花瓷。那为什么荷兰人要山寨景德镇呢，当然是因为景德镇的瓷器，当时不但非常流行，利润也非常可观。

不过，风靡世界的青花瓷，难道只有荷兰人想到了要山寨吗？

别急。

各个国家的仿品，还有很多。

其实，青花瓷风靡世界数百年，无论是亚洲还是中东地区以至于欧洲，就从来没有停止过山寨景德镇青花瓷的脚步。甚至今天全球最著名的陶瓷品牌，可以说都是从学习和模仿青花瓷开始的。直到今天，我们去全世界任何国家的综合性博物馆，一定会看到景德镇的青花瓷。

那当年如日中天的景德镇，中国瓷，在过去的100年里，怎么就突然衰落，跌入谷底了呢？

你有没有看过一种蓝边碗。我们小时候吃饭叫吃一蓝边碗。我们一直以为这是一个地道的中国符号，但直到有一天我在电影院里看《间谍同盟》的时候，有一个细节突然让我产生了一种异样的感觉。那一幕，男主布拉德·皮特和女主角在卡萨布兰卡的一个咖啡厅喝咖啡，那是1942年，二战期间，他用的那个咖啡杯，就是这种蓝边装饰。但是我从那个镜头当中就能够发现，这种蓝边装饰的瓷器其实并不是产自景德镇，而是西方的瓷器。为什么呢？因为它的蓝很不一样，明显是现代工业的钴蓝料。而瓷器的白也跟中国的瓷器的那种玉质感大不相同。晚清民国以来，景德镇已经彻底衰败，我们很难想象那个时候中国的装饰风格会再一次影响到世界。所以真相只有一个，那就是被我们视为中国元素的蓝边碗，其实是西方的舶来品。我们关于一个时代的民族记忆，其实是外来文化入侵的遗迹。

在1920年出版的《景德镇陶业纪事》中，有这样一段文字："人民喜购外货，如中狂迷，即如瓷器一宗，凡京津沪以及各繁盛商埠，无不为东洋瓷之尾闾，如蓝边式之餐具杯盘，及桶杯式之茶盏，自茶楼、酒馆以及社会交际场所，几非此不美观，以致穷乡僻壤贩卖小商无不陈列灿烂之舶来瓷，可知其普及，已至日常用品。"

大概的意思，就是洋瓷入侵，上至豪华酒楼，下到乡下的小排档，都在用蓝边式的餐具。

你会看到，晚清民国时期，面对西方瓷业的入侵，我们毫无招架之力。中国，China，这个以瓷器命名的国度，彻底败给了西方瓷业！

而败落的根本原因，其实是工业化和现代科技打败了手工业，当时的西方瓷业已经全面实现了工业化，生产效率大大提高，产量巨大，品质优良，产品的价格还大大的降低。而且还不断的有新技术产生，比如我们经常听说的骨瓷，就是通过化学工业搞出来的新配方。所以，那时候西方瓷业完全把景德镇的手工业按在地上摩擦。

于是景德镇彻底沉入谷底。这一沉，就是上百年。

那为什么今天的景德镇又再次重生了呢？过去的十年到底发生了什么？

先说结论。景德镇的再次复兴其实是后工业时代手工艺的复兴和文化的复兴。

那什么是后工业时代手工艺的复兴呢？

手工艺的复兴是景德镇再次复兴的第一个基础。二十年前，一双手工千层底的布鞋和一双某品牌的皮鞋摆在你面前，你会选哪个？不用想，你一定会选择那双皮鞋，因为在那个时候手工艺是落后的象征，是一个低端的代名词，但是画风突然就变了，今天手工艺仿佛成了高端的代名词，一个奢侈品品牌，你不说手工都不好意思跟人打招呼，无论是LV还是劳斯莱斯，无一例外。

进入后工业时代，一个国家一个社会越是富裕，物质越是极大丰富的时候，手工艺的价值，就越被凸显，因为这时候，手工艺不再被当作一种落后的生产方式，而是一种创造方式、生活方式。这个时候，人们会发现，景德镇曾经是人类手工艺的巅峰，而且，它至今仍然保持着这个世界上最大规模的手工业体系，最高超的手工技艺，最大数量的匠人群体，最完备的手工艺产业链。在后工业时代，这一切让景德镇重新获得了无与伦比的生命力和势能。这是景德镇再次复兴的基础和前提。

第二个基础是传统文化的复苏。

前段时间景德镇开始流行可乐杯，你可能会说，可乐杯有什么好大惊小怪的。还真不是。

景德镇流行的可乐杯的价格不菲，最便宜的也是好几百一个，最贵的可以卖到上万块。想想拿着一万块的杯子，喝十块钱一大桶的可乐是什么感受？是不是觉得可乐瞬间也不普通了。

这一类可乐杯有些共同的特点，都是用传统工艺，以及中国传统的纹样，比如用元青花的龙纹。或是用斗彩的凤纹。总之呢，都是妥妥的古典中国风和精湛的传统手工工艺。所以可乐杯可以说是一个把传统引入现代生活的成功案例。

这也给了我们一些启示。

首先，经典永远不会过时。很多人觉得传统就是老气的过时的，这其实是个很大的误解。经典之所以是经典，就是因为它具有超越时间的魅力，虽然有可能你一时感受不到。

其次，需要不断创造现代人需要的东西，古典和传统才有生命力。古代有些经典虽然好，但对我们来说，如果只能供着它不能用着它，那离我们自然就远了。从爆红的可乐杯上可以看到，一旦传统和经典，进入了现代人的生活，让我们能够看得着，用得上，就有可能得到广泛的欣赏和传播，甚至成为爆款。

回到我们今天的题目，什么样的传统文化才有生命力？

我们常说，浴火重生，凤凰涅槃。但绝大部分的事物，丢进火里，不是重生，而是超生；不是涅槃，而是直接被火化了。但为什么景德镇可以一次次重新站起来？

答案很简单，只有那些跟现代人生活发生关联的传统文化，才有生命力，关联得越深，生命力越强，甚至都不用你去刻意保护，它会自然地茁壮生长。

瓷器就是这种具备强大生命力的传统文化，今天不管是在日用品、汽车，还是在航空航天领域，它都是不可或缺的必需品，也是不断被现代科技赋能的"高科技产品"。

这就是为什么我在十年前就认为，景德镇的未来会好到不可想象的程度，而今天依然如此。因为从经济学视角来看，这不是偶然，是一种必然。

所以，景德镇这个能代表中国过去和现在，甚至未来的城市，具有无与伦比的文化与商业价值。也正因如此，这个城市才不断吸引无数的景漂，洋景漂在这里生活、创作，又把他们的创意与创作传向世界，这又会吸引更多的人来到景德镇。

如果你曾经来过景德镇，那么欢迎再来体验一下这里的变化。如果你还没有来过，那么邀请你一定要来看看，说不定就会有意想不到的新机会。

想要找人带你逛逛？欢迎你联系我，我是涂睿明，我来带你深度体验China到底牛在哪儿。

涂睿明

2024年1月1日

目 录

名器录

于是越做越觉出古人造物不易，
越做越起敬畏之心。

等到终于烧出一两件还算满意的，
虽然知道还有距离，仍是稳稳抱住，
翻来覆去，久久不愿放下。

青花压手杯

　　我在《古瓷之光》中专有一篇写压手杯，文章不长，干脆全文引入如下：

　　永乐青花压手杯素负盛名。

　　清初谷应泰《博物要览》中说："压手杯，坦口折腰，沙足滑底。中心画双狮滚球，球内篆'大明永乐年制'六字或四字，此为上品。鸳鸯心者次之，花心者又其次也，杯外青花深翠，式样精妙，传世可久，价亦甚高。"后世也多有论及。

　　从这段文字里，大约可以想见永乐压手杯成名的原因。一是"青花深翠"。作为青花瓷史上的名器，首要条件必是好的"青花"，"深翠"二字极传神。色重而翠，如蓝宝石般凝重而美艳。这种绝美的蓝色源于著名的"苏麻离青"，永乐宣德之后，几成绝响。杯身以青花绘缠枝莲，端正典雅，层次分明。口沿点朵如梅花，它处不见。

　　二是"式样精妙"。压手杯器形温柔敦厚，胎极厚重，"压手"之名，由是而得。即使以现在的眼光来看，它都是一款出色的设计。杯身外沿是一道S形曲线，口沿外撇，刚好可以贴合嘴唇，单手握杯，又与虎口契合，非常舒适。曲线下展，没有急于转向，而是顺势下沉，这增加了杯子的深度，腹部也变得饱满，温柔敦厚。圈足微微向外张开，如力士般顶住杯身的重量。杯形拙中见巧，内含清秀。有如钟繇小楷，又或是汉隶中的《华山庙碑》。沉稳古拙又神采飞扬。

"球内篆'大明永乐年制'六字或四字"一句看似无关痛痒，其实也大有文章。永乐宣德两朝作为青花瓷历史上的高峰，向来有永宣不分家的说法，原因是永乐时官窑多不书写年款，而永宣两朝风格极似。事实上，这开创了官窑书记年款的做法，让明清两代官窑瓷器清晰可辨。它在陶瓷史上的重要性，无论如何夸赞都毫不为过。反面的例子正是元青花，因为缺少年款，才在历史上消失了数百年。

明代饮茶方式大变，宋代斗茶流行的茶杯样式，明代就几乎销声匿迹，新样式不断出现，花样百出。但不约而同走向了细腻精致。而宋代点茶首推建盏一类厚胎茶杯，因其易于保温。

从这一点上来看，压手杯倒是有所继承。

十几年前迷上瓷器，与妻到景德镇走街串巷，按图索骥寻找经典名器仿品以为日用。压手杯是最希望找到的一件。只是当时茶器尚不流行，仿的少。今天压手杯意外火爆，因为将其视之为喝茶品茗必备，又是瓷器史上盛名的经典。

它可能是世界上最贵的杯子，较2.8亿的大明成化斗彩鸡缸杯更胜一筹。

目前公认的压手杯，除了故宫博物院的三只，苏州博物馆一只，御窑博物院修复的残件算半只。数量远比鸡缸杯少，鸡缸杯全世界的馆藏少说有十几只。

压手杯年纪也更老，比鸡缸杯足足早生半个世纪。

明永乐青花缠枝莲纹压手杯

　　此外，青花历史地位与全球影响远在斗彩之上，而压手杯是永乐青花代表作，永乐青花又站在青花瓷历史的巅峰。

　　更不必说引文中所说的"永乐年制"，开启明清两代官窑书写年号款的定规，意义重大。

　　前些年，我找一家作坊定制压手杯作为日常销售的产品。

底心团形纹饰占满，内壁空空，只口沿处两道边线。

压手杯的造型拙中见巧，要沉，有几分笨拙。

越熟悉越技痒，总要亲自做一次才肯罢休，也才有更深入的了解和体认，仿如书法的读帖与临帖。

从工艺的角度，烧出压手杯并没有特别的难度，但要无限接近真品，难度巨大。早期仿制压手杯，多为欺世盗名，以假乱真，连杯身上轻微的使用痕迹都要刻画出来，令行家走眼。这不是我的目的。这样的功夫可以省了。

我对压手杯有自己的理解：压手杯的造型拙中见巧，要沉，有几分笨拙。因为外壁是S形，很容易做得柔美。柔美也没有不好，灵灵秀秀，是另一种韵致。我却喜欢他的"沉稳古拙又神采飞扬"，更要强调出来。

与临帖不同，做坯要假匠人手，我只盯着看，哪里多一点，哪里收住，哪里走，哪里停。好在利坯师父跟了多年，倒也顺畅。反复调整，直到满意。

画面自然是要尽量接近。永乐青花之所以冠绝古今，竟然是优缺点共同造就。永乐青花使用进口苏麻离青，这种青花料产自波斯地区，出处不详，有说是今天的索马里。这种青花料精彩处如蓝宝石，色彩浓艳深邃，注视时，感觉眼睁睁被吸进去，无法自拔。但它不易控制，常常出现种种意外，比如浓重处产生黑点、锡斑，线条块面还常有晕散变得模糊。但这些非但没有贬低它的价值，反而成了一种美学。

其实黑点有如浓墨，而线条块面的模糊更接近水墨。这在工艺上是缺陷，在美学上却因为接近国画中的水墨，具有极高的美学价值，因而备受文人推崇。不解美学的蕴含而刻意追求，难免东施效颦。

画面主体是缠枝莲，最代表中国的纹样之一：

遵循简单的S型，不断地重复、变形、叠加，它均匀、连续、无限延展、无穷无尽。这种装饰连绵缠绕，优雅迷人，无论在时间、空间，还是心理上，它都容易让人迷失，像宇宙本身。博尔赫斯把宇宙想象成图书馆，我觉得也可以是缠枝装饰。

它让注视者不由自主深陷其中，无法自拔。

主体之外，还有上下两圈辅助，装饰上有了丰富的层次，有疏有密，口沿处的花朵尤为精彩，别处很少见到。内部也不含糊。底心团形纹饰占满，内壁空空，只口沿处两道边线，行话叫打箍。内外对比分明。

这些都要交给高手画师完成，虽然没有苏麻离青，但实验配比也能够接近，泥釉料也都有经验。

最后放进柴窑烧造。未必柴窑一定好，但烧得好时自有它的好。而烧柴窑，更有一层古拙的状态，在工业高度发达的时代，用这种看似笨拙的方法，在窑火中仿佛回到600年前烧造压手杯的那一刻。

明永乐甜白
釉刻花梅瓶

　　我在《古瓷之光》中专有一篇谈论这件梅瓶，文章结尾这样写道：

　　无疑，从这件看似貌不惊人的梅瓶上，我们看到诸多前代最惊人美学的回响：元代卵白釉的纯粹与温润，宋瓷造型艺术的高贵素雅，唐代刻绘装饰的大气华美——集于一身却不露痕迹。

　　它的出现毫无征兆，它的消失也同样令历史猝不及防。

　　酷爱复刻明代经典的雍正、乾隆皇帝都没有要求御窑厂仿制，连相近的都没有。这很奇怪，原因无从考证。我单纯出于喜欢，要把它复刻出来，也是另一种学习。

　　以流行的故事套路，该这样讲述：

　　这件诞生于明代永乐时期的甜白釉梅瓶，工艺难度极高，传世罕见。在诞生之后的短短20年时间里，这项工艺就已失传，此后600年中绝迹江湖。今天，我们通过多年的努力，无数次的失败，终于将这件国家带回人间。

　　但事实并非如此。

　　梅瓶虽然后世不见，但梅瓶所用的工艺却从未失传。因为根本不存在所谓甜白釉梅瓶的工艺，它运用了整个制瓷工艺体系，涉及众多的工艺细节，每一项细节甚至成为一个工种、一个行业。于是，工艺不再依赖于个人的传承，如一门武林绝学。

　　首先是甜白釉。后人称永乐以"甜白为常"，这是瓷器根本

梅瓶

的质地，如肌肤，无论青花、五彩，都是在某种质地的基础上打扮装饰。甜白的质地延续自元朝传统。元代称卵白釉，微显失透的乳浊感。要达成这样的效果，当然需要在泥料和釉料上与古代保持一致，但这些完全没有记载，更没有数据。

看似此路不通。

不过好在现代科技昌明，对材料的理解与认知早已不是古人可以想象。基础材料数百年来并没有太多变化。通过调整材料配方并反复实验，要达到接近原作的效果并非是不可能完成的任务。

而暗刻的工艺也不复杂，这是陶瓷最初的装饰手段，千百年的捶打早已铸成庞大的装饰体系。元代之前，它是装饰的主流。后来青花五彩粉彩众多彩色装饰粉墨登场，雕刻工艺不复往日光辉，却从未退场，倔强地展现着独有的存在与风采。

这件便是代表。不过与以夸张效果宣示存在不同，这件的雕刻仿佛在刻意隐藏它的存在，似乎不愿被人注意。它以细线勾勒，不易察觉。这种手法显然取自唐代金银器，瓷器上却很少运用。请雕刻师父来，一脸茫然，倒不是多难，是太少用这般手法。

造型更是经典。梅瓶在宋代已是千姿百态，但多见秀劲挺拔。元代挺拔而雄浑壮硕。到了明代，变得温柔敦厚，还有几分灵秀俏皮。常有人把艺术与皇帝的性格拉在一起，比如永宣龙凶狠，是因为皇帝的凶残暴戾。那要怎么解释这件呢，一定要说的话，大概可以说是再凶残的皇帝也有温柔的一面。看得出艺术品之外的解释，多有附会。

说起来并不困难，做起一步步都是讲究。成型就是个问题。

元代梅瓶采用分段印坯成型的工艺，明初有所继承。方法是把梅瓶从上到下分成三段，分别制作模具，在模具内模印出来，再拼接在一起。这样的做法更利于批量生产，并保持造型的一致。但今天要采用模印工艺会得不偿失。毕竟，模印服务于量化的产品。我并没有这个野心。

另一种方式仍然分三段，只是每一部分都用拉坯成形再精修的方式完成，然后接在一处。手工成型更为灵活，少量生产时成本更低，也更快。缺点当然是难以保持前后一致，不但每件产品都有差别，不同批次差别可能更大。

此外拼接、暗刻、施釉、烧成，一步有一步的风险。每步的风险看似都不大，但可能某处不经意的疏忽，在烧窑时就会放大成无可挽回的灾难，功亏一篑。

从前期对泥釉料的试验，到后来的成型雕刻烧造，记不清到底用了多久的时间，这里那里的问题反复调整。没什么惊心动魄，不过是一个一个具体问题。

不过工艺之外，仍有难题，是对器形的把握。瓷器烧造有收缩，横向纵向收缩也不一致，又没有实物对照。此外，何处厚何处薄，烧造时又会产生不同变化。

最初做的一批，成型时个个精神，出窑时，有几件颈部塌得

甜白釉刻花梅瓶

厉害，精神全无。

于是越做越觉出古人造物不易，越做越起敬畏之心。

等到终于烧出一两件还算满意的，虽然知道还有距离，仍是稳稳抱住，翻来覆去，久久不愿放下。

釉的纯粹与温润

摇铃尊

康熙十九年

公元1680年，过完春节，捷报就不断从福建传来。先是在海坛歼灭了台湾郑家部队的主力，乘胜就收复了厦门，再下金门。一连串的胜利预示着困扰康熙皇帝十余年的台湾问题这块心病，即将彻底解决。

八月，大臣上奏皇帝解除海禁。

为了收复台湾，康熙初年开始施行的海禁，措施异常严厉，福建沿海30里不得有人居住，所有居民，全部迁往内地。居民迁出之后，设立界碑，甚至界墙。胆敢越界的，一律处死。这样的措施，进而扩展到广东及浙江，离海的距离也不断扩大至四五十里，乃至二三百里。对于海外贸易而言，无疑是一场灾难。明末以来陶瓷出口，如火如荼，海禁对景德镇瓷制瓷业犹如冷水泼头。

此时海禁解除，无疑给制瓷业带来了一次重大转机，毕竟，这巨大的国际市场十余年来嗷嗷待哺，渴望着景德镇的瓷器填满它不知餍足的胃口。

但转机还不仅于此，另一个沉寂已久又无比巨大的力量也再次觉醒。

重建官窑

景德镇的匠人们早已习惯了没有官窑的日子，毕竟，明代万历朝之后，皇帝虽然还有对瓷器的需要，但御窑厂早已名存实亡。清朝入主中原，顺治皇帝似乎没有瓷器的雅兴，一些特殊的需要，下旨景德镇完成，却屡屡失败，不了了之。康熙皇帝即位，内忧外患，自然也顾不上瓷器这等小事。事实上，三藩之乱还对景德镇造成了巨大的破坏。

不过四海既定，可以关注下生活了。

这一年，沉寂了近一个世纪的御窑厂，又重新烧起窑火。这把火，点燃了中国陶瓷史最为辉煌的一页。

康熙的品位

历史上康雍乾三朝总是并称为清三代，陶瓷上也是如此。不过，人们总是对雍正和乾隆两父子的品位指指点点，很少说到康熙。似乎康熙只是一个引子，真正的辉煌属于他的儿子和孙子。

这真是一个天大的误会。雍正朝瓷器给人的印象高冷简约，有文人的意趣和雅致；而乾隆成了繁复的代名——华丽、复杂、精巧，但在文人看来，显得太过。对康熙皇帝，就没有明确的标签，似乎难以总结。而事实上，雍乾两朝各自的特点和优点，非但都能在康熙时期找到源头，而且也并没有实质上的超越。

比如雍正时期引以为傲的单色釉，仅仅增加了一些新的釉色，变化了一些器形，继承和发展都做得很好，超越就难说了。可以说，雍正的格调是延续了康熙高冷的一面。而乾隆则是把康熙华丽的一面进一步发挥，却又过犹不及。乾隆皇帝今天饱受诟病的一面，也正源于此。

所以，康熙才是开宗立派的大宗师。他的绝学，分别被儿孙继承，划为两派，我们可以称为艺（文艺）宗和技（技术）宗。每一派各种有所发展，但很难说是全面的超越。

事实上，康熙一朝，正是中国古代陶瓷史上最为辉煌的一页，推动陶瓷史发展的三股最重要力量：皇家的审美、民间的创造力以及海外贸易的刺激同时到达顶峰。

明代后期官窑已是名存实亡，给民窑留下了充分的空间，而晚明市民阶层经济发达，消费剧增，创造力因而得到极大刺激。同时，中国瓷器横扫欧洲，趋之若鹜。两股力量的交汇，让官窑缺失的制瓷业仍然不断向前发展。

而断烧近百年的官窑，却如何在康熙时期瞬间爆发呢？

设计师刘源

康熙在瓷器的问题上，显然没有仿效他父亲顺治皇帝的态度：有需要就下旨烧点，烧不好也就算了。皇家瓷器自明代以来，就不仅仅是日常的使用，还关乎祭祀，小看不得。

一方面，他专门指派督陶官亲赴景德镇管理整顿窑务，毕竟百废待兴，而地方官员恐怕也难测圣意。而烧制什么，皇帝也有自己的想法，不愿因循前朝。

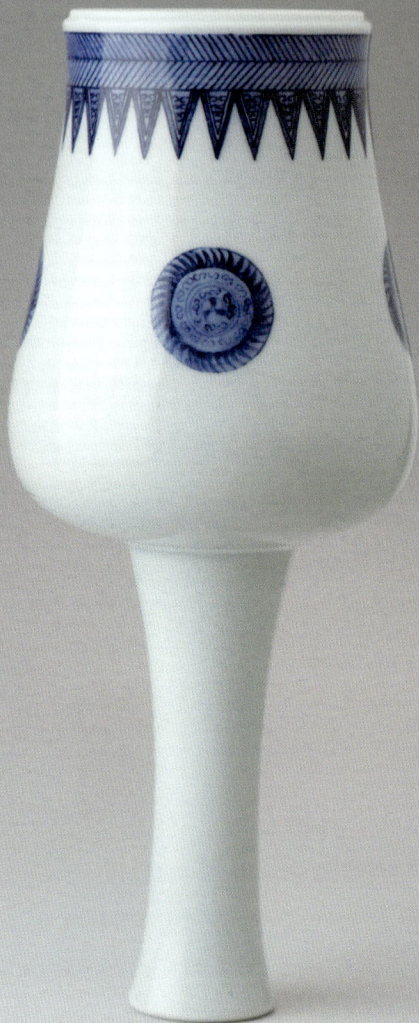

一位叫刘源的大臣及时领会到皇帝的意图，在家中殚精竭虑，苦思冥想，终于完成了一百多幅设计稿。他既是文人，又精于绘画，设计的瓷器样式既有新意，又富文人气息，自然，也少不了皇家的气派。这样的设计与民间的创造自然不能同日而语。当然也毫无意外的，得到了皇帝的赞赏。

康熙朝瓷业的复兴，由此开始。

摇铃尊的尊

刘源的设计稿早已不知所踪，哪一件官窑瓷器出自他的设计，已经没有清晰的证据，不过，前无古人的新样式有可能出自他的笔下，似乎是个合理的推断。摇铃尊便是其中的一件。

听到尊，有时让人不明所以。偶尔还能遇到的一个词是"酒尊"，当然和酒有关系。的确，宋代以前，尊是储酒器，用来盛酒，而且体型较大，不是用于日常品饮的器具，而是作为地位尊贵的礼器用于祭祀。不过到了明代，文人把上古的青铜器都用来插花，这些器物成了花瓶，于是后来瓶和尊就分不太清楚了。事实上，摇铃尊称为摇铃瓶似乎更准确，因为后来文人又想区分瓶和尊，认为口小的可以叫瓶，比如梅瓶，而口大的更合适叫尊，比如凤尾尊。不过既然定了这个名，也不必过于计较，好比景德镇，千年以来便是个名叫"景德"的镇，新中国成立后升格为市，严格说来，本应该叫景德市才对，但如果真叫了景德市，人们免不了每每要问：景德镇和景德市有什么关系？所以，要是较真，你大可以称之为摇铃尊瓶，想来，也不会有人提出什么异议。

不过，叫尊的确有个好处，毕竟瓶太普通，尊就少，而且听起来就容易联想到尊贵的意思。

灵感之源——摇铃

之所以叫摇铃尊，是因为尊的形状像是铃上装了一个把手，可以抓着把手摇动让铃发声。这种摇铃中西方都很常见。西方还产生了一种手摇铃的打击乐器，大体也是这个样子。

造型设计来源于现有事物在陶瓷史上并不新鲜，早期人类的发明纯粹是无中生有，一瓶一罐都没有参考的对象，后世的设计，可以从前人那里得到灵感，无论什么材料什么质地，宋代陶瓷的造型很多就源于青铜器。也有从自然之中获得启发甚至直接模仿，像苹果尊、石榴尊都是。摇铃尊的造型模仿摇铃，应该没有什么疑问，不过，相类似的造型古代也有，法门寺出土的一件唐代的八棱瓶，就像是摇铃尊的近亲。宋代的纸槌瓶也是，血缘上看起来与摇铃尊更近。

如观美人

观瓶如观美人。瓶口如口，口沿便是唇，往下是颈，再是肩，而后是腰，最下是足。

摇铃尊颈部细长优雅如天鹅，瓶颈中部微微内收，往上就舒展开来，往下肩颈处一圈弦纹如项链，颈项就愈发高贵、柔美。此时，想象手指从柔腻的颈部滑向肩，轻轻一转，顺势而下。肩部是有骨的，外柔而内挺。往下一收腰，足一扎，身段就亮了出来：娇媚中见着挺拔的风骨。如是美人，带着几分英气。

翠毛蓝

摇铃尊之所以引为经典，不但器形完美，装饰上也极为精彩。

瓶身的装饰放在一堆官窑瓷中显得吝啬：只在靠近底部一圈锯齿纹（三角形），有如裙边，肩部点缀团花（圆形），正面一团，反面一团，此外，就空空如也。这种纯粹以几何形为装饰的手法在元代以来的陶瓷装饰中，极为少见，又是大量的留白，这需要设计者充分的想象力与巨大的勇气：毕竟不是小家碧玉小鸟依人，皇家的气派，多，总是安全的。

装饰虽少，气势上却不弱，底纹如山，团花如日，瞬间便有了一览天下的豪壮。

青花色调也蓝得恰到好处。康熙时期，青花色调明艳动人，世人称之为"翠毛蓝"，蓝得像翠鸟的羽毛。这得益于当时对青花料处理技术的进步：毕竟珍如黄金的"苏麻离"青花料已绝迹

百余年，就是嘉靖万历时期的"回青料"也早已不知所踪。此时
用的一种国产"珠明料"。单从材料上比，逊于"苏麻离青"及
"回青"，但工艺的进步弥补了不足，甚至还大有赶超之势，成
为与永宣青花比肩的历史高峰。

　　除了青花，传世还有用釉里红装饰，画面与青花一致，全世
界很多博物馆都藏有这款经典，拍卖会上也时常现身，可见当时
受皇帝喜爱的程度。不过各自的藏品也有不少的差异，有的脖子
稍粗一点，有的肩更圆润，有高，有矮，有胖，有瘦，虽然只是
毫厘之差，但气质上有些不同。其间的差异，需要细致地审视与
体味。

复刻

　　与普通的瓶相比，摇铃尊的颈部细长，很容易出问题，因为
高温烧造会收缩，细长的脖颈容易"摆相"，就是偏向一边，成
了歪脖。但更难的还是气质上的拿捏，胖一分还是瘦一分，高一
分还是矮一分。没有标准，只有感觉。有时利坯师父还有自己的
想法，需要反复地沟通校正。比如颈部我要再瘦点，他或许觉得
太瘦了不好看，自觉不自觉就要胖点，只好让他瘦点，再瘦点。

　　其实，有时候工艺并不复杂，差的，就是那一点点。

明永乐翠青釉盖罐

看上去简简单单。

不过是个带盖的罐子。盖子平平常常。罐身的几个钮倒是新鲜，又能有多少说道呢。颜色也不惊艳，如果放在明清官窑红黄蓝绿的颜色釉中，很难引起注意，想想雍正的十二色菊新盘吧。不过，我还是固执地认为，这件盖罐足以展示中国陶瓷美学的最高成就，于是将之选为《古瓷之光》中的一件。

这无疑是历史上最美的一件盖罐。盖的顶部刀切般平整，边沿一折，现出硬朗的直角。这样的转折让釉层无法停留，于是露出一道利落的白边，神清气爽。你就要以为这是一件风格硬朗的造型，但往下，线条带着优雅的弧度缓缓外展、下降，像一顶展开的降落伞，把猛堕的力道稳稳兜住，重忽然变了轻，悠悠落下。着地时，往内一收，深深一沉，稳稳一扎，不动不摇。

这些惊险完全不动声色，藏在温润的釉层与淡雅的色调之下。就是扎稳的足，也被巧妙隐藏起来（叫暗足），只有将瓷器翻转过来，才能够看见。

到此为止，它也已经是陶瓷史上的经典。成化之后的盖罐，一直到雍正、乾隆最鼎盛的时期，这种基本的造型一直在被延续、继承，仅是小有改动。

但它并未满足。

神来之笔是肩头的钮。像悬挂门环的座底。三个环钮，等距地分布在罐的肩部，构成稳定的等边三角，不是常见的四方。要是四个，就挤了。

翠青釉最迷人处是在清透如湖水的釉层中细密如涌泉的气泡。

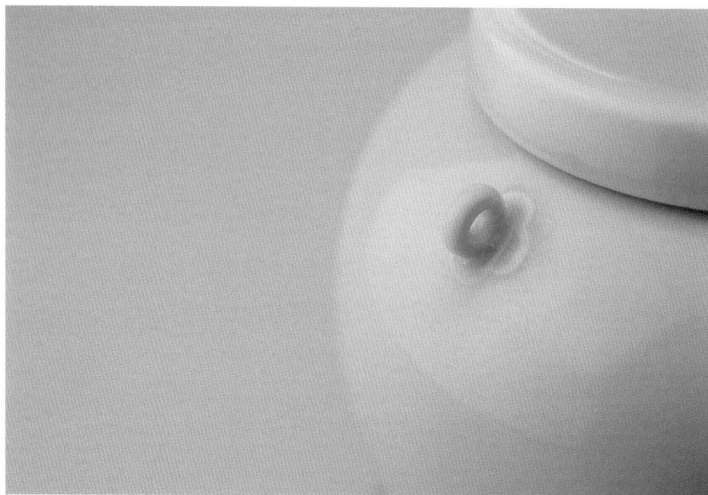

　　这种圆环在瓷器的肩部出现，叫系。早期的系，多数就是用来系绳，有明确用途。但这里却仅仅是为了美。系与罐身的连接处，做成了如意形的一片，如朵花，纹理清晰。这种精致的小细节，让原本极为朴素的盖罐顿时显出细巧风韵，却完全不影响整体的气质。有如素装的美人，原以为只是小家碧玉，擦肩而过时瞥见精致的耳环，识出那是古董珍玩，才知道出于名门，身世显赫。

　　最后回到青瓷的青。这种青取名翠青，淡绿的色调有一种清透的美感，它无疑继承了宋代景德镇影青瓷的神髓却又独出机杼。如果影青的青仍是若隐若现若有若无，翠青则肯定出青绿之美；影青温婉，翠青则在温婉中透出几分冷峻；影青釉面清透，翠青的釉层在清透中饱含细密的气泡，涌泉连珠。

　　关于这件杰作的美，我没有别的要说了。

　　说说工艺吧。

　　从制作的角度，盖和罐都不复杂，虽然从体积看，这是绝大部分。盖可以看成没有足的宽口的大杯，罐嘛，可以看成是个矮胖的瓶。造型的精准之外，没有特别的工艺难度。稍显麻烦的倒是小小的钮。简单的做法捏个泥片再捏个环，合在一起贴到罐身上就可以完成，早期制瓷业一般也都如此。但普通师父做不了，要专门做捏塑或雕刻的师父来完成。如果只是这个小钮，师父可不愿专程上门来做。好在给我们做暗刻的师父会做，捎带手就完成了，泥片刻成小花，倒也是他的本行。

另一个问题是罐底太宽，一个端正的大圆盘中间没有支撑，搞不好就容易沉底。事实上，后来试烧红釉，温度稍高，就真的沉了底。

但这次烧翠青釉。

翠青釉最迷人处是在清透如湖水的釉层中细密如涌泉的气泡。

如果不是带着古物的光环，这种气泡在今人看来，很容易当成是烧制时的问题——某种"瑕疵"。毕竟，大多数瓷器的釉面都洁净光亮。

事实上，随着技术的成熟，这种美也几乎在历史上消失不见。

今天，我们能以科学的眼光重新看待烧制的种种问题，又以审美的眼光重新审视这些瑕疵，于是整个过程变得更加从容。

如今，烧制翠青釉也并非特别高难度的挑战，但当开窑时看到烧成的那一刻，仍然感到无比的欣喜和欣慰。甚至，还有几分自得。

有趣的是，前些天翟健民先生将所藏明代龙泉窑四方双耳水指示我，惊讶地发现除了釉色更深，釉面的质感与翠青釉如出一辙，当然，我说的是那细密如涌泉的气泡。

「榴开百子」
素三彩石榴暗
刻龙纹盘

"榴开百子"素三彩石榴（三果）暗刻龙纹盘

月亮在深夜照出了一切的真相。

我吸进了甜白的气息。
人间的桃，李和石榴，
素得找不到一丝红色。

没有哪个生命，
配得上这样纯的夜色。
打开窗帘，
天地正在眼前交接着白银，
月光在一片素色里静静地彩排。
月光来到瓷盘上，
预先照亮的是浅浅的刻纹。

——王瑛

人们熟知唐三彩，素三彩却少有人知。但两者有渊源。

二者名称相近，都叫三彩；实也趋同：唐三彩颜色的主角是黄和绿，素三彩也是。三彩的颜色其实也并不严格限于三种，一如五彩的颜色不止五种：对古人的数字，不必太较真。

"榴开百子"素三彩石榴暗刻龙纹盘

　　唐三彩盛行于唐代，但多做冥器（陪葬品），因而历史上湮没无闻。连盗墓者也不稀罕，古玩行嫌晦气难销赃。直到晚清民国，西洋人没有国人禁忌，纯粹当艺术品看，对其大加赞叹，简单将这种唐代的三彩陶称为"唐三彩"。唐三彩由此声名大振，反过来又影响了国人的态度，国人将其追认为国宝。而素三彩出现在明代中期，中间隔着数百年。此时陶瓷工艺已有飞越进步，瓷史迈向前所未有的高度：不但青花瓷已然成熟并开始征服世界，最高难度的高温红釉也大功告成，斗彩瓷粉墨登场在当时虽难与青花抗衡但数百年后仅凭一枚不盈掌的鸡缸杯创造天价震惊世界。

　　唐三彩所施彩釉易于流动，难于精描细画，匠人们干脆任其流动交融，展现出炫目的变化之美，如一锅色彩的浓汤，一场热烈的舞蹈。宋人趣味大变，安静内敛，三彩虽有延续，却少受关注，被冷落一旁。元人尚白，虽然青花瓷闪亮登场但数量少成本高也未成风尚。直到明代，工艺大进，瓷上的色彩超过千百年来陶瓷上的总和，异彩纷呈。趁着彩绘的兴盛，三彩重又崭露头角。至康熙，素三彩再造传世名品。不过此时三彩当年的豪放热烈，已转向精致的安静。光是听名字，就可以想见。

　　其中最引人注目的，是这块"榴开百子"暗刻龙纹盘。

　　白底的瓷胎上黄绿紫三色，黄是鹅黄，绿是瓜绿，紫是茄紫——最标准的搭配。

　　石榴是舶来品，据说是汉代张骞出使西域时带回中国。而最

早的石榴纹出现在3000年前的美索不达米亚。而古希腊还出土过
石榴瓶，也有近三千年的历史，和明清时期的石榴瓶摆在一起，
像孪生兄弟。

石榴多子，在民间大受欢迎。剥开石榴，子露出来，叫榴开
百子。所以中国人画石榴，多数是要露出果实，西方人不懂这个
意思。这块盘子上的石榴，有开的，有不开的，看得出设计者的
用心。

靠近看，还会有更惊人的发现，画之下，还有暗刻，仔细端
详，居然是复杂的龙纹——好一派低调的奢华。

多年以前，我第一次在画册上看到这件瓷器的图片，就惊
艳了。这样的色彩、纹样，放在今天，恐怕年轻人都会喜欢。后
来在上海博物馆遇到真品，呆呆看了半天。再后来我在《古瓷之
光》中专门写了一篇，开头是这样的：

颜色超过三种就不平静了，像唐三彩，活泼泼热闹闹。五彩
更不必说。素三彩却不同，沉静优雅，素字用得多好。鹅黄、茄
紫、皮瓜绿。后两种色是真素（茄与瓜），鹅黄听起来也素，也
有用"额黄"。

要制作这样一块瓷盘，工艺很是复杂。将处理好的瓷泥制成
盘形（主要是拉坯和利坯两道工序），待干，用针细刻龙纹，再
用青花料绘石榴、枝叶齐全。不上釉，直接入窑高温烧制成瓷。

纯当摆设，也很精彩。

因为没有釉，烧好的瓷盘显得干涩，于是叫涩胎。涩胎上，再填画三彩，不画的部分，填上白釉，除了圈足，表面要全部填满，不留任何空隙。然后再烧一遍，不过这一次温度低，八九百度。前一次高温烧，高到1300度。两次烧制是在不同的窑炉。

说起来好像也不特别复杂，毕竟有章可循，但实际上每一道工序都是一个独立工种，由专精的匠人完成。不要说在坯上雕刻与在涩胎上彩绘是完全不同的手艺，就是涩胎上的彩绘，画与填空白的部分都是两道工序。而任何一个环节的细小差错都可能使全部的努力功亏一篑。

我一直都想烧造这样一块盘子，家里日常都可以使用，放水果或小食，都很提气。就是纯当摆设，也很精彩，比各种印刷品的画好多了。虽然都是复制品，但复制瓷器和印刷品不一样，非得按照当时的材料、工艺、流程，亦步亦趋。难度之大，并非外人可以想象。

多年来，这个愿望一直未能实现，原因当然是找不齐好的师父。素三彩在瓷业的体系中，实在边缘，几个关键环节的师父要凑齐，不容易。

这次总算如愿以偿，烧出了满意的样品。待到安排生产，一个小细节犹豫起来：原作的底款是"大清康熙年制"，过去的做法也大多是依葫芦画瓢，毕竟自民国以来，造假之风大盛，原样复刻，最初的动机不外以假乱真。如果是某某堂制，总是很难卖出去。今天很多陶瓷爱好者也执着地要求"一模一样"，底款自不例外。但这如何来标识我们的产品呢？一种方法是在包装上解决，但总有遗憾，毕竟多年之后，如果包装毁坏丢失（这经常发生），就没有人知道这是谁的产品了。于是不再犹豫，"大清康熙年制"换成"长窑制器"。

　　毕竟，我们的一生，也不过是在与遗忘抗争。

素三彩石榴盘

当雍正遇见莫兰迪——十二色菊瓣盘

尽管盘形新奇优美，颜色纯净动人，不过单独看，很难引发惊奇的赞叹。但十二种颜色菊瓣盘摆开就如十二色菊花绽放——一场色彩的盛宴。

——涂睿明《古瓷之光》

早就想烧菊瓣盘了。终于，戴着隔温手套从窑里取出余温未尽的菊瓣盘时，我也忍不住感慨。

激动伴随着喜悦。

呆呆看了半天，翻过来，复过去。直到盘子彻底冷却下来。

（一）皇帝的期待

这是公元1733年诞生的杰作。那是雍正皇帝在位的第十一年，天下无事。皇帝一如既往的勤勉，但国事之余，也从未放弃个人喜好，并一以贯之将自己的情趣、品味注入其中，每每亲自参与，连边边角角最细微处也从不放过。

什么样的灵感又是什么时候完成设计交由景德镇烧造已无从查证，但这一年的四月十七日，内务府总管年希尧派人把烧好的瓷器呈给皇帝。年希尧那时候兼管御窑厂，所以坊间也称"年窑"。御窑厂诞生于明代，专为皇帝烧造瓷器，数百年间兴衰更替，但始终处在景德镇的心腹。今天的御窑博物院，仍在原址上新建。

皇帝见到时，似乎并没有表现出特别的兴奋，档案的记载也显得平淡而克制：

"交与烧瓷器处，照此样式，每色烧造四十件。"

每色烧四十件，合计多达四百八十件，自然是满意的。

但满意完全无法体现皇帝的心情——我却看到了成功的兴奋与喜悦，那种造物的快乐——如果没有亲自参与创造，就很难真正体会。

这不是那种收到礼物时的意外惊喜。它混杂着强烈的期许和等待。

彼时，宫廷瓷器的新样式，都由皇帝授意甚至亲自参与设计。一件器物是长期酝酿还是灵感乍现的结果，无从考证，也并不重要。但想法产生后，宫廷画师就要按照皇帝本人的意思画出设计稿，再交由宫廷造办处的木作来制作小样——毕竟，中国画并不以"写实"见长，更不必说大小、厚薄、轻重等想要在画稿中体现。木作完成的样品，必然还要经过反复修改调整，直到皇帝本人对每一处细节都完全满意，最后才将小样与画稿送抵御窑厂。

以今天的路程来看，从北京驾车到景德镇全程高速公路的距离都超过1300公里。在当时，从京城到景德镇最快也要五六天。一旦瓷器烧造完成要经河运运抵京城，少则两个月。

这还仅仅是运送。烧造的时间更难以准确计算，某些高难度的制作，可能数年也未必有结果。

从设计出样到完成制作交到皇帝手中，时间跨度，远远超乎想象。

而在将小样与画稿交付的那一刻，期待就开始了，并随着时间的流逝而不断增强。

（二）形之魅

我早已不是陶瓷的业余爱好者、门外汉，距《制瓷笔记》出版也有八年了。古代的瓷器，有时看上一眼，心里就已有数，难不难，有多难，马上可以做出大致判断，也不会有太大偏差。

比起普通的盘形，菊瓣盘当然要复杂得多，但也没有难以逾越的障碍。

今天要完成这样的造型，办法不止一种。

纯粹手工的操作，先以拉坯、利坯完成一块普通圆盘（边沿的一圈要比普通的圆盘厚），然后再用刻刀一点一点雕刻出菊瓣的样式。

另一种方法是利用模具，注浆成型。这广泛运用于工业化生产，我们今天使用的日用瓷器，很大一部分都是如此制作。

尽管这是工业革命之后发明的"先进"生产方式，但其实有悠久的传统。数千年前商周的青铜器，就是用了同样的成型方式。只不过，制造青铜器时，模具内注入的是高温下熔融的液态金属，而瓷器注入的是常温下的泥浆。有趣的是，制造青铜器的模具，倒是类似于陶器。要是没有最初的制陶技术，恐怕也就没有青铜器的产生。

这两种成型的方法都要使用，因为即使要以注浆的方法来完成，也要用手工来雕"模种"。模种有种子的意思，因为要从这个最初的样式不断繁衍出越来越多的瓷器。而雕种的方法与手工制作一块瓷盘，没有本质的区别。

更何况，我也希望能同时以三百多年以前的方法和现代的方法来同时完成这一挑战。

这的确是造型艺术史上的一件杰作。尽管比起普通日用的盘形它显得复杂而有变化，但仔细想想也并没有什么惊人的举动，甚至久视还会让人产生"这我其实也能想到的"印象。

但其实它处处有冲突，有对比，却毫不张扬。至少有四重对比值得注意。

第一重是"平"和"曲"：盘底平面和盘沿曲面。

第二重是"简"和"繁"：中心的圆与周围一瓣一瓣层次丰富的小曲面。

第三重是"尖"和"圆"：花瓣的尖造成一种紧张感；不但是视觉上，而且是使用上。

最后也是最精彩的对比是"动"和"静"：菊瓣盘安静地摆放在那里，却有一种盛开的动感。静中寓动。

皇帝本人有没有这样的思考不得而知，艺术的创造并非由分析而来，但天才的创造却必然经得起分析。

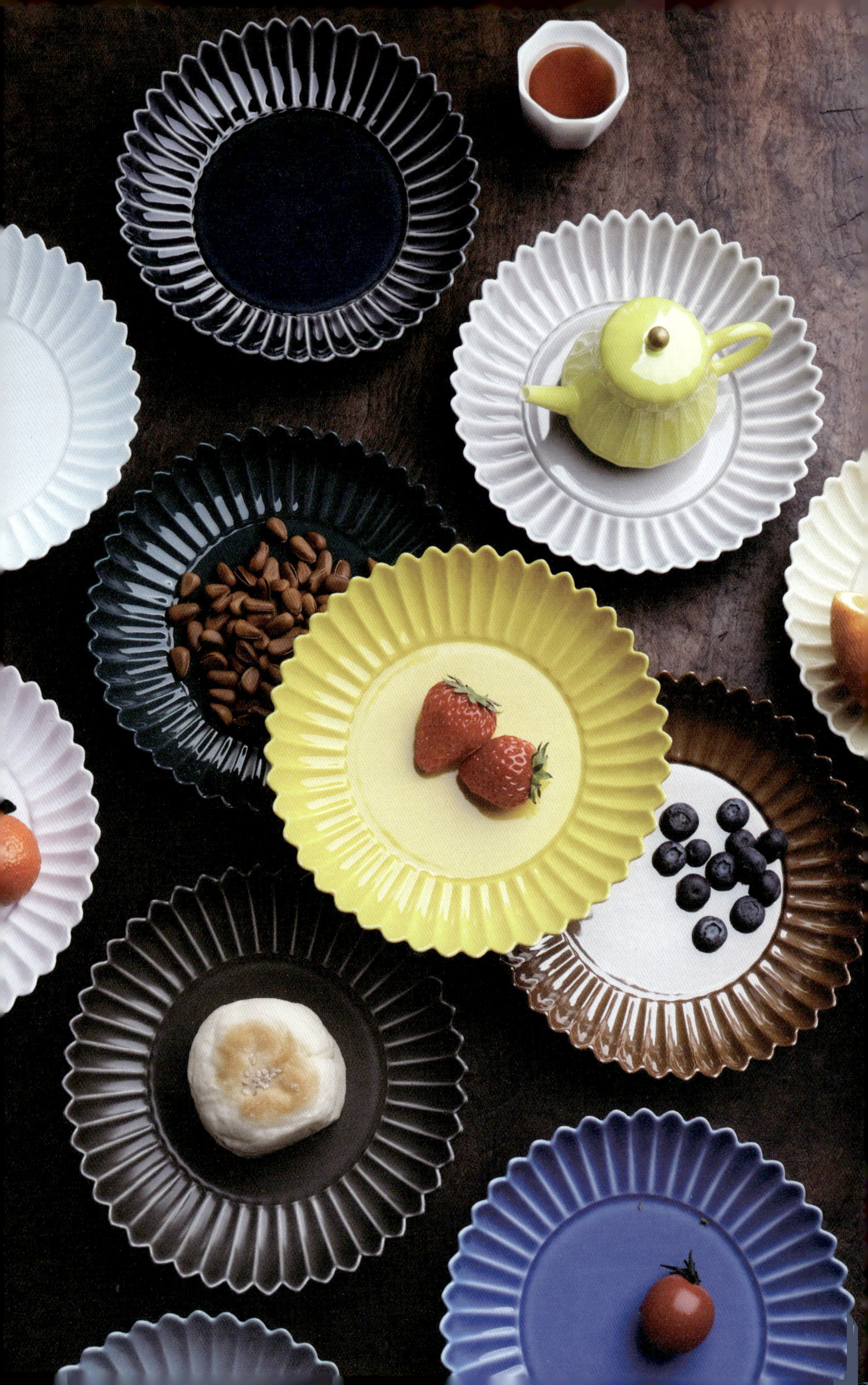

一个细节值得单独强调，那就是菊瓣造成的小曲面。这种细小的曲面看似只是给造型增加了难度，事实却远非如此，它给釉色的实现制造了极大的障碍（参看涂睿明《捡来的瓷器史》）。

（三）色彩的盛宴

皇帝本人既不关心成型工艺，也并不因此担心。毕竟这款新造型看不出特别的难度。但瓷器的色彩，就没有那么大的把握了。

尽管制瓷业在明代有了巨大飞跃，但直到清初，瓷器上可用的色彩仍然很是有限。康熙时期，西方传教士带来了丰富的珐琅彩，不过起初有些水土不服，宫廷经过数十年实验，也没能彻底驾驭这些外来颜色。康熙时期的珐琅彩，必须运用在涩胎上，所谓涩胎，其实是没有釉的瓷器，算是半成品。这样一来，瓷器的表面部分，就必须用珐琅彩的颜色填满。虽然这是一种并不新鲜的装饰手法，但此时仍是不得已而为，却也无意中将这种装饰手法大大的发扬。

甚至雍正皇帝要以丰富的纯色来做装饰，或许也受此启发。事实上，雍正时期，技术上也的确更进一步。不但成功实现了珐琅彩料的国产化，色彩种类更多，色彩的运用也上了新台阶。康熙时期不得不在涩胎上使用的困境得以克服。

尽管如此，一种全新的造型只用单一的颜色能否达到理想的效果？又有哪些颜色会令人满意？在看到实物之前，谁也无法轻下断言。事实上，一些精彩的颜色并不适合菊瓣盘。比如著名的祭红。因为易流动，菊瓣高起的棱线处釉薄，烧成后的露白会破坏整体视觉效果，远不如单纯的圆盘来得惊艳。

因而皇帝对此也必然充满期待。

而我还会有同样的期待吗？如果仅仅重复古人的作为（尽管也有难度），最理想的结果已然知晓。于是，那种对未知的期待被剥夺了。

没有期待。

（四）当雍正遇见莫兰迪

除非烧制古人未曾尝试过的颜色。

但今天的问题不是可用的颜色有限，而是色彩实在太多，几乎没有穷尽，该用什么颜色？

我忽然想到莫兰迪。

他的一生如此平淡，以至于如果要谈论莫兰迪，关于他的人生唯一可以谈论的就是他的人生没有什么可以谈论的。

他似乎是以此来要求他的观众，永远不要对作品之外的任何事情感兴趣。如钱钟书先生告诫的那样，吃鸡蛋，不必认识下蛋的母鸡。非但不必，而且不能，因为母鸡会影响对鸡蛋的判断。

事实上，他的一生成为他最伟大的作品。在《朝圣者的碗

菊瓣盘安静地摆放在那里，却有一种盛开的动感。静中寓动。

钵》中，雅各泰称之为："永恒专注"的一生。

他专注于那些简陋、容易被丢弃的瓶瓶罐罐；周围谈不上风景的风景；几束花已经算是特别。以及，最为人们所称道的，莫兰迪色：同样看似平淡的颜色。

为何？

雅各泰继续写道："莫兰迪深深意识到人类的悲哀，同样深深意识到万物可能的湮灭。便可以想象他画作惊人的平静，这惊人平静背后同等的激越——无此，他便不会背负着走这么远。"

但我以为，他的画以及绘画本身已成为一种修行，似进入禅定状态：平静背后，仍然是平静。

无论如何，莫兰迪是孤独的，但对此毫不在意，甚至并不渴望被人理解，被世界接受。（我想到另一种孤独，皇帝的孤独。）

这让我忽然意识到，让雍正遇见莫兰迪的，竟然是孤独——无比绚烂的孤独。

这恰好可以将雅各泰的话改造一番：他画作惊人的孤独，这惊人孤独背后同等的激越。

雍正的颜色釉菊瓣盘与莫兰迪色的菊瓣盘，足以让人期待。

（五）完成的，未完成的

这一窑又烧了几种新釉色。

手上的这块墨绿色菊瓣盘让我爱不释手。皇帝看见，亦当

十二色菊瓣盘

如我。

　　这阵子一直在烧制高温色釉，连雍正时期的黄釉都改换成高温下的黄色。古代单用颜色为装饰的瓷器统称为颜色釉。以烧制的温度来分，主要有低温和高温两类。高温色釉的温度在1200度以上，最高在1300度左右。低温色釉的范围更大，一般在七八百度。这当然与日常所说的低温不同。

　　在古代，所有工艺流程中，烧制的风险最大，难度最高。以成本构成论，烧制所占的比重远远高于其他工艺流程。但今天的情况大不相同。烧制的本质是科学，以今日科技，烧制的难度大大降低。手工艺在成本构成中的比重反倒急速增加。

　　前前后后烧制了几十种颜色，在古代是难以想象的。

　　除了雍正十二色的大部分（高温色釉），新颜色更多。其中一些完全可以冠以莫兰迪色之名，另一些或许不能，但已经不重要了。一些颜色并不满意，一些颜色让人惊喜。

　　这只是个开始，还有很多新釉色需要尝试。

　　我选出其中的十二种，合在一起。

　　就叫"当雍正遇见莫兰迪——十二色菊瓣盘"。

儿子的面碗

爱吃面的儿子

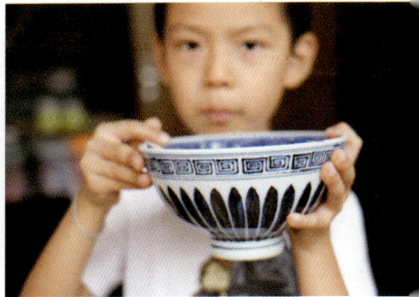

一地原有一地饮食习惯，现在的习惯有些混乱。

比如江西人爱吃辣，绝不输湖南、四川。但周围的孩子，能吃辣的却很少。原因是家长多有了"科学"观念，说辣太刺激，不健康。

又比如儿子爱吃面。

妻从小不爱吃面，虽然她是河南人的女儿。而我生长在南昌，自小极少吃面。直到在北京读大学，才爱上面。当然，北方的面与南方的面，完全就是两种食物。

儿子那年八岁，已经有多年吃面的历史，何时爱上吃面，已经记不确切，似乎自打断了奶，就可以吃面了。不但爱吃面，还一定要酸酸辣辣，一瓶醋，恨不得要倒进去半瓶。

只要吃面，总是胃口大开，常常一吃一大碗。

爱吃面的儿子

吃面的碗

由北到南，中国各地面的品种极丰，吃法各异，但共同的一点是：需用大碗。

虽然面馆里大多有专门的面碗，不过南方家庭，餐具中专门准备面碗的，很少。但其实多数时候所谓的面碗，也只是大号的碗而已。

不过我的体会，面碗其实也有面碗的讲究。

大体上说，不管面的种类如何丰富，归结起来无非两类：汤面与拌面。

好的面碗，当然最好是汤面拌面两相宜。

汤面的碗底不宜太宽，太宽汤容易过多；又不宜太浅，太浅汤就容易不够。

拌面刚好相反。碗底不宜太窄，又不宜太深，不然面不好拌。

古代最常见的两种碗形，恐怕都不是为面而专门设计的。一种是宋代的斗笠碗，碗壁太直，盛汤实在容量有限，拌面也不舒服。另一种叫正德碗，是明代正德时期流行的一种碗形，我们今天最常用的饭碗，碗口外撇的那种，就是正德的碗形。这种碗一般都不大。清代雍正时期有一种蹲式碗，碗壁直而矮，用来拌面倒是不错。

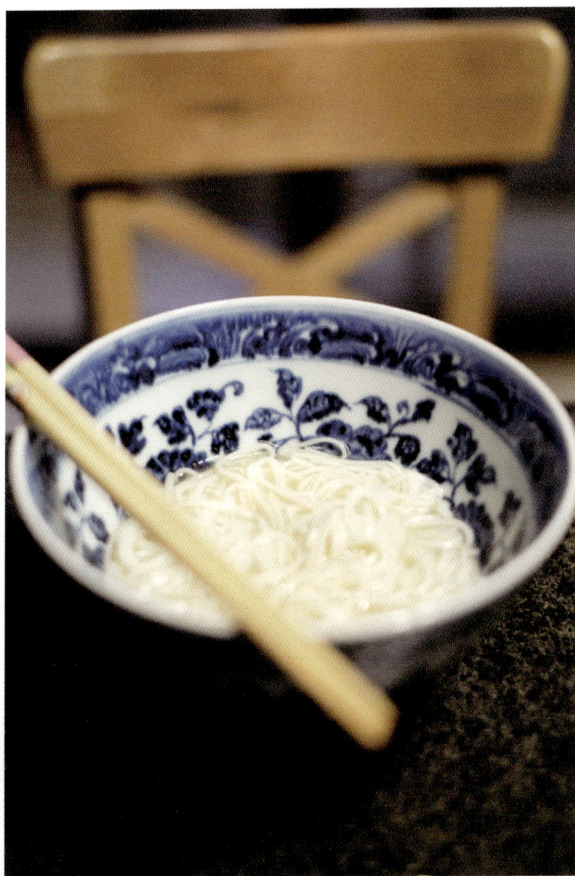

儿子的面碗

永乐皇帝爱吃面？

上海博物馆的众多馆藏中，有一件大碗并不特别引人注目，既没有放在展厅中央的位置，和身边的几件瓷器比起来，不大不小；又都是青花瓷，说实话，多看容易审美疲劳，一般的参观者大都一带而过。

我却对它情有独钟。

对于酷爱吃面的我来说，这实在是一件神器，让我常常怀疑，下令烧造这件青花瓷的永乐皇帝，也是一位面食爱好者。

这个碗比普通碗要大上不少，弧壁下收，底部较窄。

这个碗比普通碗要大上不少，弧壁下收，底部较窄。这样的形，盛汤面，汤不至于太多又有深度，弧壁微收，汤又不容易泼洒；用来拌面，内部的弧度实在方便翻搅，同样也不易溅出。不管担担面、刀削面、油泼扯面、葱油拌面、羊肉烩面，照单全收。

为什么叫鸡心碗？

这是陶瓷史上一件名器，作为碗，它甚至得了专有的名，叫：鸡心碗。

表面上看，碗身上大下小，一道弧线内收，如果不是要有足，顺势下去，就很有点像鸡心的样子。不过真正的鸡心，是藏在碗底：有一个尖尖的突起，完全是鸡心的样子。

这很奇怪。几乎所有的碗，底都是平的。而这个鸡心，不但制作上多了一些麻烦，而且完全没有用处。

时隔六百年，无从考辨。后来看到明代以前也有这种底，不再觉得神奇。

除了器形，装饰也很特别。今天看来仍觉新鲜。有一次我在大学演讲，展示儿子抱着它吃面照片。问同学觉得这个碗好看还是老气过时？绝大部分的反应是：好看。其实那些古典的美，从未过时。

碗外壁发散的条纹是模仿菊花花瓣，这样的装饰，至少在宋代就经常见到。内壁主体是缠枝莲（参看《压手杯》）。压手杯

真正的鸡心，是藏在碗底。

是外繁而内简，鸡心碗却是外简而内繁。同样精彩。

　　当然，装饰上的意义远不止这些，真正重要的是：青花。事实上，这个碗的青花装饰，代表着整个世界历史上青花瓷最辉煌的一页。

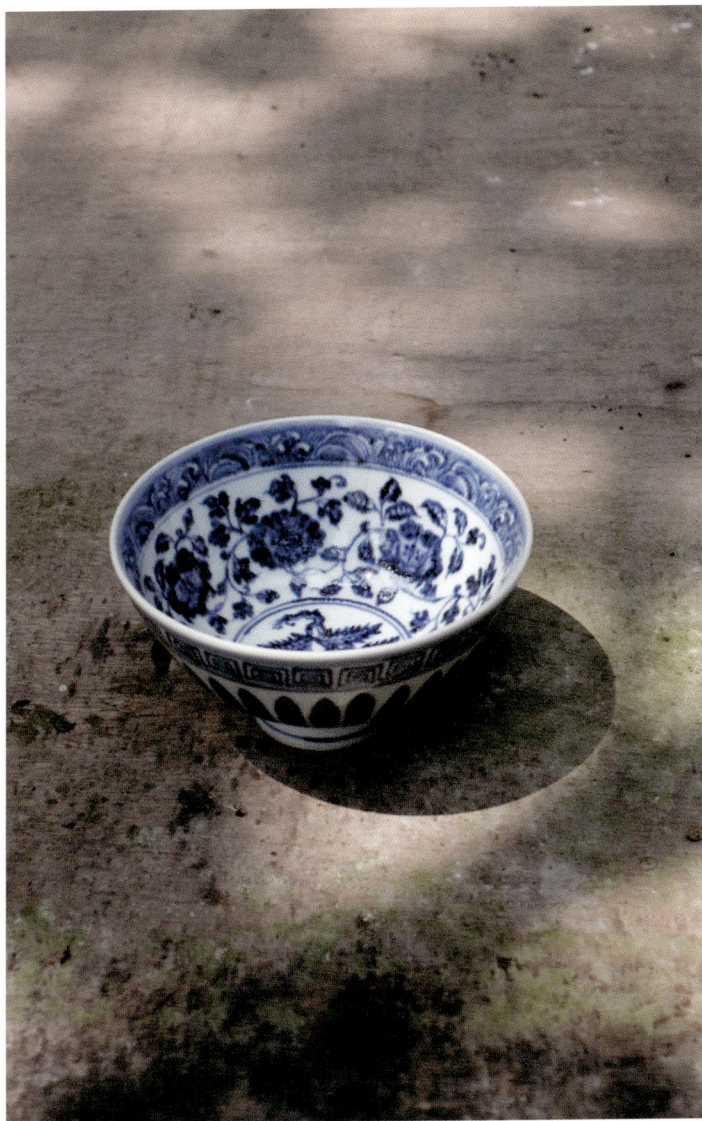

这个碗的青花装饰，代表着整个世界历史上青花瓷最辉煌的一页。

用永乐皇帝的碗吃面，是种什么感觉

我第一次在上海博物馆看到它时，就有一种抱回家吃面的冲动。那时候我不会想到，多年以后，我自己可以把它烧造出来。

虽然是600年前的制作工艺，因为传承有序，后世的工艺又一直发展进步，今天制作起来，并没有特别的难度。除了画面大小器形不同，工序上与压手杯一致。除了成本的原因没有用柴窑烧制。

烧好的面碗，先给儿子试用，也让他当回模特儿。平时我给他拍照，他总要伸手在面前挡着，这一回，非常配合。因为光顾着吃面，没工夫理我。看起来，有种小女生开悍马的感觉，那么个小屁孩儿，这么一大碗。吃得那么欢。

美的教育

此后，儿子每次吃面，必然是用这个大碗。

我偶尔会跟他说说这个碗的故事，告诉他纹饰的来历，什么是苏麻离青料——一个面碗的故事和美。他会慢慢形成一种对美的认知——这种能力并不是与生俱来，而现代，对美的感受能力的退化，已经到了令人惊叹的地步。而美育的方法靠的是潜移默化。

想起我小的时候，一家四口挤在总共十几平方米的两间小屋里，但父亲喜爱国画书法，房间再小墙上也总要挂点字画。印象最深的是一幅小画：牧牛图，大小只有一平尺，落款是蔡超。后来他成了江西省美协主席，全国著名画家，身价倍增。国画的售价按平尺计，越大越值钱。父亲有时跟我聊家里的画，聊画画的人。有次聊起蔡超，说当时还不出名，处境艰难，有次帮了他大忙，蔡超知道父亲喜欢画，就要画画送他。"想要画什么就画什么。"父亲说。我问，为什么不要幅大的。他说：挂不下。

　　我如今走上这条道路，不能不说受到这些影响，当时未必觉得，却已种下种子，若干年后，生根发芽，长出一片绿色，甚至开花结果。

斗彩如意变奏
与赋格

斗彩是种什么彩?

前些年成化斗彩鸡缸杯拍卖轰动一时，顺带也捧红了斗彩。拍卖之前，这个词公众少有人知，专业领域一直也众说纷纭。20世纪50年代，沈从文先生的文章里，斗彩还写作"逗彩"，当然不是要逗你玩儿。实在是当时斗彩的名称还没有定论，或斗，或逗，或豆，五花八门。其实当初斗彩鸡缸杯，是叫"青花五彩小杯"，不见斗彩。之所以名称混乱，主要原因是不了解工艺，古人听名生意，让后人不明所以。

大体上，斗彩是先在素坯上用青花勾线，上釉烧制，成了一件青花瓷。这里青花多限于白描，只有轮廓。接下来，在轮廓线内填彩。注意，填彩是在瓷器表面，釉层之上；画青花时，是在素坯的表面，釉层之下。填彩之后，再低温烧一次。一件斗彩的作品，就算完成了（我在《捡来的瓷器史》中，对斗彩工艺及其成因与影响，有深入的解读，有兴趣可以找来一读）。比如要用斗彩完成一片树叶，就先用青花勾勒一片叶子，上釉烧成青花瓷，然后在叶内填上绿色，低温再烧一次，斗彩树叶就完成了。

这种釉下青花勾线与釉上线内填彩的做法，在景德镇方言里，就叫斗，有拼接的意思，家具里，叫斗榫头，也是这个字。

碟中心勾绘简练如意云头纹，轮廓间填满几种清淡颜色，精致素雅。

鸡缸杯之外

斗彩扬名于成化一朝，如今最著名的无疑是鸡缸杯。但鸡缸杯风头太盛，掩了其他美器光华。

台北故宫博物院做过一次成化瓷器特展，列出一系列成化斗彩杰作。其中有一件特别吸引我。

这是一件小碟，碟中心勾绘简练如意云头纹，轮廓间填满几种清淡颜色， 精致素雅。外壁点缀几朵灵芝，带几分仙气，和如意纹配在一起，让人心生欢喜。

第一次见到，很容易误以为是雍正时期产物。事实上，雍正皇帝的确下旨仿造，亦步亦趋。

仿制这件小碟不止雍正皇帝，至少明朝嘉靖皇帝也仿过。嘉靖一朝，瓷器风格与雍正天差地远，但两个皇帝却在这件小碟上达成了一致。它似乎饱含了某种触动人心的力量，虽然看上去简简单单平平淡淡，没有什么张扬的魔力。

我于是决定做一款这种小碟，既经典，又好看，还实用，当个小果碟，咸菜碟，或醋碟，又或是高雅些做个杯托，甚至小壶承，都能胜任。

赋格与变奏

让我们回到斗彩制作的现场。再重新回顾一下制作的流程。

斗彩如意碟，外壁点缀几朵灵芝。

纯属摆设，也很精彩。

第一步：青花勾线。

第二步：上釉并高温烧制。

第三步：填彩。

第四步：低温烧制。

我们把他理解成四个乐章。

接下来，我们试着做一些变化。

第一步：青花色线。

第二步：分水。

第三步：上釉并高温烧制。

结果，是一件纯粹的青花瓷。

再来。

第一步：青花勾线。

第二步：上釉并高温烧制。

结束。

这不是半成品吗？

对，但也可以是完成品，叫漏彩。

或者干脆就叫淡描青花，是青花瓷中非常特别的一路。

于是，我们就得到了三种不同的演奏方式。

如果瓷上也有音乐，这就是吧。

三件放在一起，像是主题的变奏，或赋格。

烧
红

高温红釉瓷器向来是
陶瓷烧造工艺的试金石，
冠绝古今。

豇豆红是皇冠上的宝珠。

要想穷就烧红

烧红是制瓷史的伟大冒险。

匠人们更实在，说：要想穷，就烧红。

其实陶瓷史上红色最早登场，比青瓷白瓷早了不止千年。马家窑文化的陶罐上黑红相间的奔放纹样，是人类最初的装饰。但此后陶瓷上红色忽然消失，直到宋辽红绿彩民间流行，像今天东北花袄，大红大绿。

但这里的红不寻常。学术的名词是高温铜红釉。成熟的高温铜红釉出现在明代永乐、宣德年间，跟马家窑彩陶的红隔着几千年。饶是如此，明代红釉也只昙花一现，宣德后几成绝响。直到清代康熙朝，高温红釉才重出江湖，此间，又隔着两百年。

高温铜红釉难烧，首先在高温。红釉要烧至1300度。元代以前，这并不容易实现。其次需精确控制烧造气氛：何时窑内是氧化，何种温度下又是还原反应，一整个流程分毫不差。温差超过十度，或是气氛控制不恰当，都难以达成理想色泽。一切控制又全凭经验。比如想要窑内一氧化碳多，达成还原气氛，可行的方法是多投一些湿柴。精确的计量当然不可能。不可能还要精确，难上加难。

对古人而言，轻易不敢尝试，但常有人经不住诱惑，跃跃欲试，自然多以失败告终。

现代科学对高温红釉有透彻认知，本质上，就是氧化铜在高温还原反应后呈现出鲜艳的红色。于是现在的匠人即使按古法烧造，也远较古人简单。

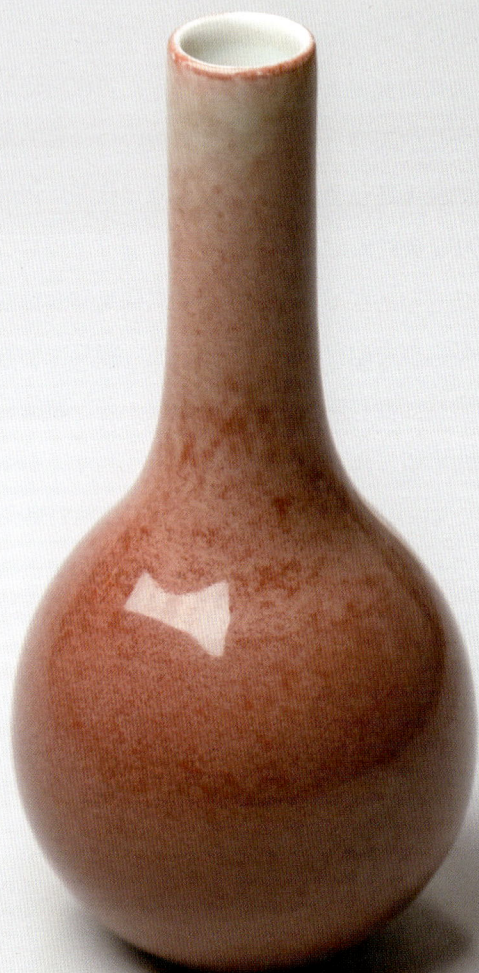

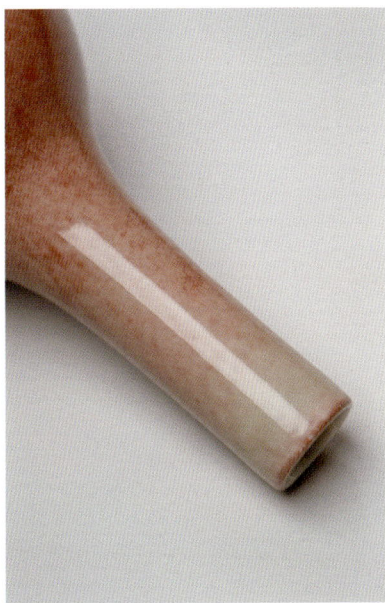

豇豆红釉胆瓶

豇豆红水盂

甚至某天我的一位学长，清华大学著名的航空航天专家符松教授打电话给我，说他的一位同事复烧了祭红。我起初不以为意，祭红虽难，但清代以来一直烧造，今天更不鲜见。只是他最后的一句话令我惊讶。他说：是自动化烧成。我想像一台微波炉，把上好釉的坯放进去，关上门，按下开关。第二天，叮的一声响。烧好了。

这当然不是什么奇迹，不过是现代科学的必然结果。

接下来的问题是，既然如此，烧红还有什么意义？曾经人类科技的最伟大冒险，如今不过是道中学物理题。

符松师兄并没有展示烧成的样瓷。大体我也能够猜到，毕竟铜红再怎么烧还是铜红。可以确定的一点是，以清华大学实验室的精确控制，一定比普通作坊烧制要稳定得多，结果确定。但它还导致另一个结果：那就是整齐划一，缺少变化。

这当然是科技与工业所带来的必然结果：大规模生产，低廉的价格，稳定的品质。这是工业文明打败手工业的杀手锏，摧枯拉朽。

这当然得益于先进的科学手段，但损失的是无限丰富的变化之美。

日本"人间国家"著名的染织家志村福美在《一色一生》中写道：

"在物什降生的过程中，是否那人类之手无法撼动的绝对力量所占的比重越大，最终得到的产物越具有动人心魄的美。"

　　"钴之外铁铜等元素也一样。不纯物质混入得越多，烧成的颜色就越美妙，而廉价陶瓷的钴色之所以鲜明却无深度，是因为人造无须过于纯粹所致，在这一点上天然与人造蓝的情况也完全一样。"

　　烧红也是如此，烧制铜红釉所使用的各种天然材料中包含丰富的杂质，不同的杂质，会对颜色产生不同的影响，在烧制过程中，又因为细微的烧制过程中的不确定性，产生意想不到的效果。这当然常常会带来意外的惊喜，但也充满不确定的挑战，以至于有时全军覆没，欲哭无泪。

　　对我而言，这无疑既是一种挑战，更是一种诱惑。在这种工艺实践中深入而透彻地理解瓷器的烧造，或许，还能创造某种迷人的美。

　　它更是一段旅程，无论成功还是失败，都已经成为我人生中宝贵的经历了。

　　实事上，这段历程的确充满失望、挫败以及种种意外与惊喜。

　　至今，还在延续。

豇豆红釉石榴尊

豇豆红釉水洗

豇豆红釉石榴尊

八大码
—— 致敬经典

八大码的说法与豇豆红文雅的称呼格格不入：美人醉、孩儿面、桃花片。

事实上，传世的豇豆红器型并不止于八种，但一种错误说法流行开，想要纠正，也几乎是不可能完成的任务。多数时候，也并不重要。

标志性的一套八大码收藏在美国大都会博物馆，香港大收藏家徐展堂1996年将所藏的八大码拍卖，斩获717万港元，举世瞩目。

八大码的器形件件经典，但都精致小巧，最高不过二十几厘米，只能做案头清供，当不得大任。八件中四件是瓶，一件是洗，一件印盒，太白尊与苹果尊有趣，说瓶无不可，偏偏名字是尊，太白尊据传是神似太白醉酒而名，无从考证。苹果尊则无需考证。

但这当然也更合文人意趣，尽管古代最高级的文人也难得一见。毕竟豇豆红是绝难工艺，官窑中也是珍品。更难以理解的是，康熙之后，官窑也成绝响。

很难说是因为技术的原因，毕竟雍正、乾隆两朝工艺日进，也不乏精彩的高温红釉作品。但豇豆红就这样凭空消失，在我看来，是一桩悬案。

这也让豇豆红更有一层神秘色彩。

晚清民国以来，豇豆红让西方人也倍感神秘。彼时高温红釉对西方瓷业而言，已经没有秘密可言，它是氧化铜在高温还原反

红釉的烧造，精彩处或如凝血，或如红宝石，最大限度激发出红的激情。

应中的结果，甚至可以精确的计算。但豇豆红却是精确控制下微妙的失控。

　　于是收藏者如集邮癖，总想集齐一组召唤神龙。

　　而我，想把他们一一烧制出来，这似乎是拥有它们的捷径。我当然是低估了它的难度。

　　虽然八件看似不少，就成型而言，盘龙瓶而外，洗与太白尊与另三件小瓶是一类，印盒特别，有不一样的难度。总体而言，分为三类。

　　盘龙瓶特别处是龙，捏塑成型，要做雕塑的师父来完成，一时没有好的师父，暂且作罢。

八大码造型并没有特别的难度。难的是烧造

印盒上下两部分合在一处，盖起来要严丝合缝，上下盖合要浑然一体。不过，即使做坯时毫无破绽，烧成后却常有这样那样问题，最常见的一种，是上盖比下盒大，盖上去时如同冒出的帽檐。这样的问题，新手必然遇见，不明所以，师父要是不教，想破头也难有答案，一点破，也没有什么不可思议。因为盖是趴烧，所以会往外张，而底部是立烧，会微往里收，一放一收，上下就不匹配。点破了也不难。

瓶的成型参看《瓶史》，大同小异，太白尊、苹果尊也不例外。

八大码造型并没有特别的难度。难的是烧造。

高温红釉瓷器向来是陶瓷烧造工艺的试金石，冠绝古今。

豇豆红是皇冠上的宝珠。

但与宝石红（参看《明永乐宝石红釉僧帽壶》）并置，它看上去红得含糊糊，温吞吞，很容易误以为不够鲜艳、不够热烈、不够纯正。

这的确不是起初期待的结果。

红釉的烧造，精彩处或如凝血，或如红宝石，最大限度激发出红的激情。但红釉烧造如刀尖上的舞蹈，温度稍高稍低，气氛稍浓稍不足，都难烧出理想颜色。

问题太多，不能穷举。有时烧成黑色，有时干脆没有了颜色（行话叫"烧飞了"，精准传神），还有时候出现意外的绿色，南辕北辙。多数时候，这些失败的作品或被当作废品砸碎，或作

红釉烧造如刀尖上的舞蹈，温度稍高稍低，气氛稍浓稍不足，都难烧出理想颜色。

次品变价。

　　但有人从某些残次品中读出惊人的美，叹为绝色。有称"美人醉"，有称"桃花片"，有称"孩儿面"。偶见点点绿色如青苔称"绿苔点"，或大片绿如瓜皮葱翠清爽称"瓜皮绿"。

　　笼而统之叫做"豇豆红"。

　　豇豆红原是烧造高温红釉失败的产物，要还原某种失败，需要更高超技艺。努力的方向有几种，一是改变上釉的方式。古代有"吹红"的记载，今人推测是豇豆红，有如吹青。吹釉时釉呈细小颗粒喷在素坯的表面，想来烧时容易出现深浅不一的苔点。另一种方式是在釉的配方上做文章。我十余年前初到景德镇，苦寻豇豆红，数年间不过收罗十余件，置于客厅书架，时时把玩，爱不释手。今时烧制日多，居然有卖釉店专卖豇豆红釉。

　　无论哪个方向，最终都要靠烧窑来实现。事实上，今天红釉的烧制已远超古人，这得益于科技的进步，窑内温度与氛围的可控性远非古代柴窑可比。更重要的是对科学的认知，对烧制原理有了根本的理解。烧制红釉便如科学实验。但豇豆红却是精确控制下的微微失控，既无方向，更无标准。

　　所以只能一窑一窑试验。但这一窑烧得好，下一窑却可能全军覆没。其间的种种问题更不胜数。比如有时烧出的釉面麻麻点点，有时颜色发黑。有时一面的色彩漂亮让人兴奋不已，转过一面却不忍卒读。有些问题有解决的方向，有些问题却纯是运气。

　　有时候连续几窑都有收获，有时却连续失败，甚至越来越没有信心，这时候，如果又烧出几件不那么理想豇豆红，也会带来莫大的安慰。仿佛只是为了告诉你，一切都还有希望。

尽管这种希望，有时候只是带来更大的绝望。

希望还是绝望，取决于你的信心、信念，当然，还有必要的财力支撑。毕竟，"要想穷，就烧红"是古人血淋淋的教训。

奇遇

"饶州景德镇，大观间有窑变，色红如朱砂。物反常为妖，窑户亟碎之。"

每次失败的沮丧大同小异，失败的结果却很少雷同。窑变就是如此，两次相同的失败是难以想象的。

这一窑又没有一件满意的作品。已经是第三窑了。连续的失败让沮丧倍增。

其中一件胆瓶失败得颇有个性。胆瓶是古代瓶中经典，因形如垂胆而名。

"这个名字固然传神，不过胆取出来垂挂，多苦。但这弦外之音早被文人心领神会，于是宋人杨万里就写下'胆样银瓶玉样梅'名句，胆瓶插梅花，梅花香自苦寒来，也是苦。后来纳兰性德广为流传的'心字已成灰'前一句又是'轻风吹到胆瓶梅'。还是苦境。"（涂睿明《古瓷之光》）

失败又是苦。

倒不是彻底的失败。胆的下半有一片红，口沿处又有一小团，剩下的简直白茫茫一片真干净。这毫无道理。

毕竟，上釉时通体均匀的盖满红釉，方法是吹釉，均匀细致，不留死角。如果一面红一面不理想甚至泛白，又或是上部不好而下半出色，这都容易理解。可是，口沿上的那一小团是怎么上去的？是下面的那一片红中跳上去的吗？

这个谜永远不会有答案。

但我和少文仍然认真地讨论了可能的原因，毕竟烧窑并不全

胆的下半有一片红，口沿处又有一小团，剩下的简直白茫茫一片真干净。

红釉胆瓶

凭运气。事实上，千百年来的全部努力，都不过是在减少运气的比例。

虽然不会有确切的答案，这种局部更是永远没有答案的谜，我们称之为意外。讨论意外则是毫无必要的。

我决定把它收起来，既不做展示，自然也不打算销售。它或许会沉寂在库房的一个角落，久久无人问津。

但很快另一次神秘的"意外"把它唤醒。

那天我在整理英国维多利亚与艾尔伯特博物馆（Ｖ＆Ａ）馆藏中国瓷器的图片。这座位于伦敦的博物馆，成立于1852年，藏品超过450万件，其中中国瓷器的馆藏在欧洲数一数二。尽管开放的图片清晰度不高，但也足以让人一饱眼福，互联网时代来临之前，想要粗略地浏览一家博物馆的馆藏都是不可思议的。

藏品太多，我时不时会放大某件，试图看看细节，然后想想如何归档，可能用在我的下一本书或是某篇文章里，又或者做成产品。

不时会有惊喜。

但当我看到这张图片的时候，如同发生了一场意外。我呆住了，不知所以。

我最初的想法是，这是不是盗用了我那件胆瓶的图片，但我并没有拍照。而且，静下来一想，这未免太可笑了。

等缓过神来，我立即给少文打了电话，电话铃响了半天。电话那头的声音，像是刚刚睡醒。我这才看了一眼电脑屏幕右下角

胆瓶　英国维多利亚与艾尔伯特博物馆藏

的时间，已经是凌晨一点。

他问我出什么事了，我急切地问他前几天烧的胆瓶收到哪里了？他说好像是在哪里哪里，问我怎么了？我说明天你来了再说。

挂了电话我马上下楼去库房。我一眼看到那一箱。口沿的红色如此醒目。

我抱起它回到房间，对着电脑屏幕。

犹如两次踏入同一条河流。

它暗示着某种神秘力量，以一种特别的方式，向你显现。

也许某一天，我要把它带到伦敦博物馆的展厅，像一对失散多年的孪生兄弟，终于在那里重逢。

染翠

始于一次意外。

红釉是陶瓷史上最伟大的探险，青釉（青瓷就是青釉瓷的简称）却是陶瓷史最初的尝试。从陶到瓷，一开始披上的，就是青釉。

红釉不但远比青釉的烧造难度大，烧成氛围也不同。但理论上，用计算机的术语，叫红釉向下兼容青釉。烧红时烧青没问题，反之就不行。

某天发奇想，烧红釉时烧青釉，青釉会不会更好（行话说气氛更足）？

满窑时，腾出几个位置，换上青釉的坯，看起来波澜不惊。

开窑时，却听少文说一声"坏了"。我忙问什么情况。他说青釉瓷上沾了红。

其实红釉易流动，古玩行里有"脱口垂足郎不流"的行话，说的是郎红向下流动的特点。所谓脱口就是红向下流动，口沿部分就会没有红或少红，露出白瓷底色，于是叫脱口；垂足说的是釉流近底足会堆积变厚；郎不流是说流到底足就停了，不能流过，流过底足就和底下粘在一起，瓷器就毁了。但其实红釉不只是向下流，常常会"跑"，比如一枚小杯，外壁施红釉内壁白釉，开窑时，内壁居然口沿居然有红色，像是红釉翻墙而入。

这次更好，跳到邻居身上了。

我没作声，窑里温度还太高，没法取出细看，只感觉这也不是什么大问题，隐隐还觉得或许是意外收获。

翠绿底上淡淡染上若有似无红晕，迷人极了。

几个小时后终于取出来，上手翻来覆去看，越看越有些激动。

翠绿底上淡淡染上若有似无红晕，迷人极了。

少文说可惜了。

我说多好啊！下一窑继续这样烧。

他一脸错愕，但马上明白了我心思。却又立刻皱起了眉头。

因为其实并不知道红是怎么染上的，只能凭经验推测，有时简直瞎猜。下一窑能否重复是个巨大的问号。

先试试吧，即使没染上，青还是青，红还是红，没什么损失。

于是继续烧。连续两窑都不成功。青是青，红是红。

有时如带绿的豇豆红，分外迷人。

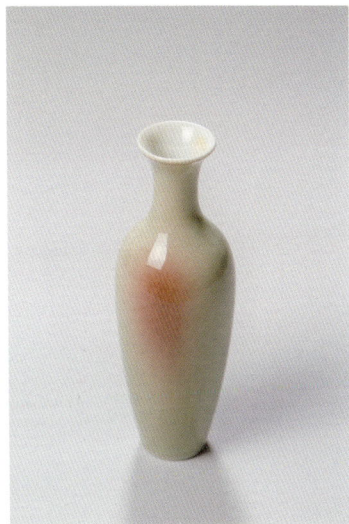

我说青瓷上施红釉，试试。

再接再厉。

一窑接一窑，渐渐有些眉目。

有时如带绿的豇豆红，分外迷人。

越烧越有几分得意。毕竟古人没有这般釉色。得取个名吧。多年后人们谈起这种釉色的发明，何等骄傲。

我想仍是延续红釉的传统，在大家族中再添一员，如郎红、祭红、豇豆红之列。想来想去，决定叫"绯红"。妻却说，赞雪不露雪，翠绿上染的红，就叫染翠吧。

绯红，染翠。

赞雪不露雪，翠绿上染的红，就叫染翠吧。

填红

洒蓝填红三果盖碗

仅仅是在拍卖图录上瞥了一眼，就让我产生把它烧造出来的冲动。拥有古物的快乐不及创造，这当然也是无法拥有原件的托词。

没想到原件竟是我一位朋友拍下。他叫徐锦，也在创造，一个自己的品牌叫羽器以及以此为款的一系列接一系列的瓷器产品。他最得意的薄胎蛋壳杯，轻至十克，吹弹可破。

虎年年初一在御窑做直播，多位业内的大咖在御窑教堂般高挑的会议大厅聊陶瓷的历史、文化和工艺。第二天转到元华堂继续直播，老向安排几个徒弟，各自带些收藏。我知道徐锦会来，只是不知道他会带哪些藏品。当他小心翼翼打开盒露出那对三果碗的时候，仿佛是生日会上蓄谋已久的惊喜。

不用问，他也想做。

我问他动手了吗？他说还没研究透，迟迟没有行动。我想要是完全研究透了再动手，黄花菜都凉了。我于是赶紧死死盯着这对碗翻来覆去地看。

过完年，立即开始试烧。我并不想做仿古，只是喜欢这种风格。做成碗受众太少，中国人目前的讲究，大多止于茶器。喝茶毕竟是雅事，或是装装雅事。吃饭，特别是在家里吃饭，提不起那个劲儿。

入乡随雅，先做款盖碗吧。

洒蓝填红三果碗

这是一种高度复杂的工艺：洒蓝为底，填红三果为饰。三果是石榴、佛手、寿桃。寓意多子、多福、多寿。所以也叫"三多纹"——标准的谐音梗。

谐音梗的源头可以追溯到《庄子》华封三祝的故事：尧帝访"华"（地名），地方官出来恭维赞叹：祝您寿、祝您富、祝您多男子。很直接，很朴实。尧帝却不接受。说："多男子则多惧，富则多事，寿则多辱。是三者，非所以养德也，故辞。"不利于养德，使不得。地方官听了很失望，说原来我还以为您是圣人呢，看来还算不上。接着说了一番道理，大意是这些外在的好处，只要自己能驾驭好，就不会有"患"。境界上果然高了一层。

这两种工艺单独看，都是陶瓷史上的名作。前者可以参考《尘封五百年的美好重现》，后者我在《古瓷之光》中专门写过一篇：《明宣德填红釉三鱼纹高足碗》，这无疑是最能代表中国古代陶瓷美学高度的杰作之一。

洒蓝的工艺创烧于明代宣德时期，之后明代两百多年竟成绝响，清初才得以恢复，海内外都受欢迎。填红的命运惊人的相似。同样是创烧于明初，既而断烧，至清康熙重见天日，并更上层楼。

今天在大多数陶瓷史书籍或图录中，看到这种装饰的说明，都会指认为釉里红。毕竟釉里红与高温红釉都是铜红色料，温度火候几无二致。而且看到红色的画面，无论是一条鱼，还是一颗果，想当然以为画出来，说是釉里红顺理成章。

但偏偏工艺不是这样。

如果是釉里红，只需要在做好的坯上勾出形状，用釉里红涂满，然后罩一层透明釉，入窑一次性烧成。但填红的方法是直接用透明釉把坯罩上，然后把画面的部分的釉剔除，再于剔除的部分填上红釉，最后入窑烧制。

虽然两种方式都能达到相似效果，事实上，古代填红的经典过去也很多被指为釉里红。但在懂行人的眼中，差异是巨大的，最显著的差别是画面的厚度。毕竟，釉里红只是平涂了一层颜色，而填红，如果你看到操作时候的状态，画面的部分，是肉眼可见的厚度。

当然最难的还是烧制。高温的红色毕竟是古代陶瓷史上最艰险的挑战，不过好在这两年在烧红上已经积累了不少经验，特别是去年填好的三鱼碗也算烧制成功。不敢说胸有成竹，还算有几分底气。

但现实残酷，无法预期的问题来得猝不及防。比如有时红色烧得不错，洒蓝的部分却色败而混浊，有时蓝色虽然出彩，填红却流得一塌糊涂。一次一次地调整改进，总有这里那里的问题。但几窑后总还算有几件拿得出手了。

想想已知存世的博物馆馆藏，也不过数件而已。徐锦说，台北故宫博物院有一对，还有哪个博物馆有一件，然后就是他手上

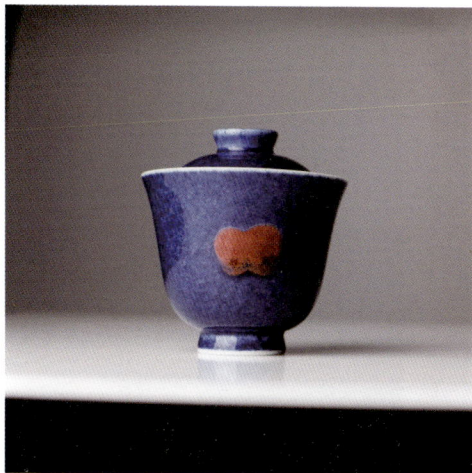

洒蓝填红三果盖碗

的这一对了。而且因为太小众，古玩行里看得懂的也很少，他居然以一个远低于预期的价格拍得。

　　这一窑烧得不错。我于是兴冲冲就打电话约他来吃饭，并请他把原件带来。他来时居然坐着轮椅，因为痛风犯了。我说你也不用这么好吃吧。

　　坐下来边喝茶边欣赏江景，边讨论烧制的方法。虽然和真品还有差距，他也觉得烧得不错，特别是红。当然这也可能只是客气。我不知道他什么时候会动手烧，但交流的过程如此愉快，而且各自都有收获。

　　我在想，在古代的匠人中，这样的交流，也是罕见的吧。

失败的成功

一些烧坏的器物，却获得意外的成功。

一、伤口

这款折腰直口杯烧裂，但釉把裂痕填满，平平整整，红釉从裂缝中透出，如一道伤口。甚至仍然可以照常使用。开裂原本是瓷器烧造中的常见问题，多数源于坯体的暗伤，可能是不经意的磕碰，表面上安然无恙，内部却已有裂痕。高温下裂痕放大，成瓷时就完全裂开，变成废品。这件却给人意外的惊喜。

二、飞了

填红三果小杯（参看《洒蓝填红三果盖碗》）温度烧太高，颜色全无，行话叫飞了。但原来的白底却烧出淡淡的灰，填红处的形仍然清楚地保留下来。如同那种加热后才会显影的墨水。

三、点金

还是没有烧好的填红三果，部分烧飞了，成了废品丢在一边。某天灵光一现，忽然想到了用点金，参照青花点工的方法，淡的地方多点一些。烧出来后，感觉非常惊艳。放在历史上看，也算一种创新。只不过下一次要做，想要烧出不均匀的红色，就

这款折腰直口杯烧裂，但釉把裂痕填满，平平整整，红釉从裂缝中透出，如一道伤口。

折腰直口杯

填红三果小杯温度烧太高，颜色全无，行话叫飞了。

不知道什么时候了。因为
要烧好，有努力的方向，
要烧坏就不知道坏成什么
样。如"托尔斯泰"说：
烧好的瓷器个个相同，烧
坏的瓷器各有各的坏法。

四、表情

这件歪脖的瓶是烧塌
了，却现出调皮的表情。
有次在花道家丁锋如展厅
里看到另一组烧坏的瓶，
他郑重地将其安放在一个
展台上，显示他的珍爱。

歪脖的瓶是烧塌了，却现出调皮的表情。

原来的白底却烧出淡淡的灰，填红处的形仍然清楚地保留下来。

没有烧好的填红三果，部分烧飞了。忽然想到了用点金。烧出来后，感觉非常惊艳。

与古为邻

迫不及待把盖揭开，
一团幽蓝迎面而来，
黑洞般牢牢吸住目光。

待了半晌，居然忘了手中的盖，
余光一扫，又是一片蓝色的惊喜。

青花缠枝莲
咖啡杯

　　少尊朋友圈发了新画的几个咖啡杯，造型漂亮，画是他一贯风格，更漂亮。只是，"为什么有点像纸杯？"

　　我问少尊。

　　他也不知道。

　　他说做了些新尝试，设计了这款咖啡杯，然后让亚旭帮他做了一些坯。肖亚旭是他大学同学，毕业后一直搞创作，也做产品设计。设计的产品交由工厂生产，总是出现这样那样状况，于是干脆自己动手，把设计与生产打通，创立自己的品牌，做得有声有色。但也常常被抄袭困扰。

　　他设计的一款影青刻云纹的壶承大火，山寨风涌。他本见怪不怪，抄就抄吧，又有什么办法。最后却还是忍无可忍——因为有人指他抄袭。

　　少尊的设计交给亚旭很放心，很快生产出来，少尊兴冲冲画了几个，烧出来看看效果，瓷也好，画也好，就是配在一起，从照片上看有点像纸杯。

　　"问题"出在所用的泥釉料，烧成的效果太白，配合少尊的画风，更显白，降低了瓷器的质感。不过少尊对这个不那么在意，好像画画用纸，不那么影响画。

　　有一个段子：去看朋友画展，朋友问怎么样，想了半天说：纸不错啊。

　　我倒是非常喜欢这款咖啡杯，没有不寻常设计（杯身的确像纸杯），但看上去直挺挺的杯壁，其实做了微妙的线条变化。口

青花缠枝莲咖啡杯

沿下微微一收，不但用时嘴唇一靠非常妥帖。手指挨上去顺势轻抚，感受到线条曼妙的轻轻摆荡。

我问还有坯吗？少尊说亚旭那里应该有，一次得做一批，我其实用不了多少。

再问亚旭，亚旭说有，回城给你带一点去——他的工厂离市区有点距离。

于是想，画点什么呢？想想还是画缠枝莲吧，最经典的纹样，在新的器形上，不知道会不会有意料之外的惊喜。

设计上并不复杂，主体用清代宫廷的缠枝莲画法，细腻、精致，与器形契合。上下做两道辅助的纹样，上面用如意纹，下面用蕉叶纹，上下呼应，把缠枝莲纹环抱其中。清代宫廷画缠枝莲，画法上比明代精细。而且发展出一种独特的工艺，叫点工。

"纹样画得精致细腻，一笔一画都是经过事先精确的布置，画的时候，完全没有匠师自由发挥的空间。每一个花头，每一个花瓣，每一片叶子。甚至每一个局部的阴阳向背：由浓而淡，由淡而浓，分毫不差。有意思的是，这种浓淡的变化，并不是由深浅不同的蓝色来区分，而完全是依靠'点'。点得密就浓，点得疏就淡。"（涂睿明《纹饰之美》）

点工可能最初是为了模仿苏麻离青的效果而产生，但很快成为独立的工种和独特的宫廷装饰手法。

我并不确定这种古老纹样在新器形上的表现，想来大差不差。

但烧出来的确眼前一亮，给少尊看，少尊很吃惊，真好看，真没想到。给亚旭看，亚旭也很吃惊，真好看，真没想到。他们俩都会画，都觉得自己画没这个好看。

我说还是少尊设计的器形好，亚旭你的坯也做得好，大家哈哈大笑。

后来我跟张导一起拍景德镇的城市宣传片，其中有一部分内容反映中外文化交流，又不能太直白太直接。我说缠枝莲很合适，于是在拍乔凡尼·贝利尼《诸神的盛宴》那一段时，设计让

南汐一边喝咖啡一边翻画册翻到
《诸神的盛宴》那一页，画中有
传往欧洲的青花瓷，而今天用的青
花瓷上，又有受西方纹样影响的缠
枝莲。画中的大碗的主体同样也是
缠枝莲，画面的信息变得丰满、丰
富。喝的还是来自西方的咖啡。

　　文化也正是这样杂处中丰富
起来。

　　有趣的是，早期中国茶叶影响
欧洲，茶具跟着大行其道。今天咖
啡从海外舶来，大有后来居上之
势，上海尤甚，前些天回上海，
疫情又有抬头，茶馆都不让开，
同一区域的咖啡厅却安然无恙营
业照常。

　　据说是上海人茶可有可无，咖
啡却是用来续命的。

这款咖啡杯主体用清代宫廷的缠枝莲
画法，细腻、精致，与器形契合。

少林寺的药师佛

我对佛教的兴趣全因佛教艺术，首要是佛像。

早年遍寻景德镇优秀画师，用青花临摹经典造像烧成瓷板，别有一番韵味。

也大受欢迎，至今不衰。

陆续有佛教题材产品，却与信仰无关。于是某年参加厦门佛事展，希求有更大的商业拓展。

展会上人来人往，第一次参加毫无经验，应接不暇。第二日傍晚将要闭馆，一位大和尚从展位前匆忙走过，不知道眼角余光瞥见了什么，忽然停住脚，转身过来，在展位上左看右看，特别是此前烧造的一尊青釉观音像，凝视良久。然后抬头匆忙和我聊了几句，递给我一张名片，说他想要做少林寺的药师佛，如果有时间请到少林寺来一趟。说完转身快步离开。

名片上印着释延琳，少林寺监院。我对寺院人事一无所知，只在影视剧中熟悉方丈或住持名号。犹豫去是不去，对方是否靠谱。恰好展会上有位朋友与佛教界过从甚密，晚饭时聊起，他说靠谱，的确是少林寺监院，三把手。我想那正好，也没去过少林寺。

展览结束便与延琳师父约了时间。

一大早到的少林寺，延琳师傅派小和尚在门口迎接。我们虽说是起了个大早，但其实寺院早课都已做完。

延琳师傅负责少林药局。少林寺武学闻名，练武离不开药，金庸小说里就常写大门派都有自己的独门好药。佛教中的药师佛地位特殊，曾发十二大愿，其中特别的一条：愿众生诸根完具，疾病消除，解脱苦难。所以又有消灾延寿药师佛的名号。顺理成章成为少林药局的供奉。

他亲自带我们到大殿礼佛。我那时还不是佛门弟子，并不讲究。主要的任务是拍照，仔细观察法像庄严，体会造像之美，并暗自盘算要如何实现。延琳师傅只是在边上站着，不多说话。等我拍好照收起相机，他便引我回禅房喝茶。

谈话间方知延琳师父原是美院毕业，于是有更多共同话题。我当时对佛教所知甚少，倒是对道教兴趣颇浓，只是挡不住佛教艺术的诱惑。谈话间并不刻意谈佛法，但却是大有启发。后来成

药师佛

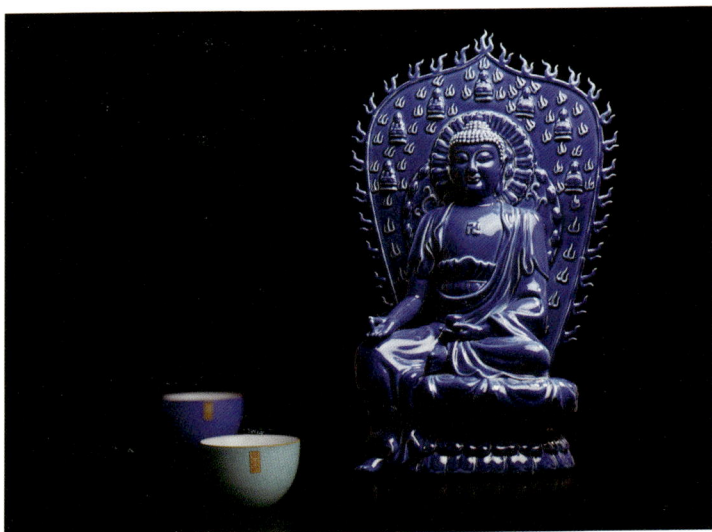

为佛弟子，这次谈话算是直接的启蒙。

回来以后抓紧制作。

造像的制作，先要用泥塑出原型，当然是等比例缩小。电脑上的放大缩小轻而易举，现实中却是问题重重。最大的困难自然是形神兼备，所谓差之毫厘，谬以千里。这有点像临帖，不过平面换成了立体，难度倍增。最终的效果，取决于理解和手上的功夫。

对照塑形只是第一步，行内叫原作。原作要分解成若干部分，再分别翻模。之所以要分解，是因为作为一个整体，造型过于复杂，单独制作模具很不现实。分解之后，每个部分相对简单，至于如何分解，要根据造像的形体，没有固定的规则。每部分模具可以通过模印制作出相应的部分，各部分组合起来成为完整的佛像。此后进行细节的处理，最后上釉高温烧成瓷。

造像主体的部分并没有特别的工艺难度，最困难的倒是背板——本来只是陪衬。背板是一个竖立的平面，无依无靠，极易变形。事实上，即使还没有烧制，根据经验，也有极大的风险。我与延琳师父说出了顾虑，但他还是希望试试，于是硬着头皮挑战一回。当然，结果不出所料。虽然想了很多办法，烧制时依然大多产生了形变，只是程度不一。

但最难的还不是工艺，而是造像本身的美感，特别是佛像面部的表情，叫开脸。虽然是静止的表情，却要生动，如同在呼吸。要庄严而不凶狠，慈悲而无媚态。这当然需要高超的技艺来实现，却又超越了技艺本身。

最后一个问题是颜色，瓷器上叫釉色。古时药师佛多见蓝色，有说是天空之色，有说药师佛十二大愿中第二大愿说："愿我来世得菩提时，身如琉璃，内外明澈，净无瑕秽"，据称早期琉璃多为蓝色。何种原因似无明确记载，算是约定俗成。只是瓷器里却没有见过。于是选用祭蓝。

祭蓝深沉而明艳，有传古时宫廷祭祀所用，身份尊贵。事实上，祭蓝与青花一样，都是以氧化钴为呈色剂，简单理解，就是把青花料溶于透明釉。祭蓝最初在元代登场，出道即是巅峰，扬州博物馆收藏有一件霁蓝留白龙纹梅瓶，绝世之宝。

前前后后一年多时间，烧造数百尊，最终只挑选出20余件。这20余件也因为背板的问题不敢发物流，只能开车专程送去。

再入少林寺轻车熟路，在药局的禅房打开包装抱出第一尊药师佛像供于案头，延琳师父也忍不住欢喜赞叹。

此后多年，种种原因，再没有烧造过佛像。

古时药师佛多见蓝色，有说是天空之色。

姚黄魏紫：独占人间第一香

相传宋初一位樵夫在山中偶见几丛野牡丹开得漂亮，兴冲冲挖回城里。他知道宰相魏仁浦家爱花，急急送去，魏家果然高兴收了。樵夫不会知道，这居然造就了花史上一代传奇。

魏家精心培育，终于生出一种惊艳之极的紫色牡丹，名动一时，赏花者蜂拥而至。魏家不知道是嗅出了商机还是为了限流的考虑，竟开始收起了门票：一人十几文。听起来不多，但其实也不少：宋代普通人一天的基本生活费用大约二十文。为了看一眼花，得大半天不吃不喝。这个法子据说后来被陈州的一个农户学去，"人输千钱乃得入观"，这价涨的。

魏家一天门票收入有多少呢？"日收十数缗"，一缗是一千文，十数缗就是一万多。算下来，每天观众上千人！

因为是魏家培育出的新种紫色牡丹，于是被叫作魏紫。欧阳修称之为牡丹中的皇后。牡丹是花中王，王中皇后，天下排名第二。第一是谁呢？姚黄。牡丹中的王。于是今天说姚黄魏紫，也代指名花。

传世的宋画中，便有一幅紫色牡丹，繁茂而典雅。和今天楼堂馆所常见富贵牡丹大异。原本富贵未必艳俗，但今天富贵多艳俗，而艳俗未必富贵。

宋画的牡丹却毫无俗态，倒有一种高冷。

牡丹象征富贵是《爱莲说》流传开的说法。另一种流行的说法是花中之王国色天香："竟夸天下无双艳，独占人间第一香。"

欧阳修在《洛阳牡丹记》里又说：洛阳人说这花那花，只

牡丹盖碗

有牡丹不说牡丹花，只说花，意思是"天下真花独牡丹"，傲视群花。

我于是就想把这骄傲的魏紫做在茶杯上。

前一阵子烧窑出了意外，本来是烧白胎，结果却烧成了淡淡的牙黄色。古时候的青釉瓷，有的偏黄有的偏绿，都叫青釉，其实就是因为同一种釉，不同的烧造氛围（其实就是指烧造时一氧化碳的浓度），会出现不同效果。早期烧造技术不成熟，偏黄偏绿全凭运气。今天如果烧青釉，结果烧黄了，会被认为是事故。

但技术从来是为艺术服务，而不是相反。这淡淡的牙黄多美。

而且我正苦恼，宋画的这种感觉如果画在白胎上，会不会显得太干净突兀，毕竟，原作不是画在白纸上。

魏紫

而这烧"坏"了的黄，刚好。

于是我交给国星和倩文，让他们试着处理，怎样可以在瓷器上呈现出来。

虽然只是把画搬到瓷器上，也并不简单，大小、位置以及从平面到弧面，种种细节都要细细考究，反复调整，更不必说颜色，有待于烧成。

倒也算顺利，前前后后一周。

那天晚上十一点多，倩文发了刚开窑的图片给我。眼前一亮。却也担心照片毕竟会与实物差距，不知道上手会更好还是不如。

第二天兴冲冲派人取回，打开的那一刻，不但把心放下，还比图片更惊艳。

除此之外，盖碗本身还有个新的想法，中间加了个茶漏，让

盖碗多了一种使用的方法：注水
之后，直接把茶漏拿起，放在盖
上，盖碗就直接变成了茶杯，可
以端起直接喝了。起初盖碗是泡
了茶直接喝的，既是泡茶器又是
饮茶器。今天更讲究，盖碗多只
用来泡茶，喝茶另需公道与茶
杯。不过一个人用的时候，未免
麻烦。想了这样一个办法，不知
道会不会有更多人接受。自己试
了试，还不错，写作的时候，单
单一个人，方便独享。

　　即便不喜欢，拿掉茶漏，仍然
是传统的标准盖碗：一盖、一碗。

姚黄

附记

　　后来在宋画中又见黄牡丹，再
画，不及魏紫惊艳，倒也相配。

青花万字锦地纹印盒

过完年，微博上刷到苏富比春拍的一件青花印盒，眼前一亮。

画面犹如编织的经纬，如竹编，却不密集紧张，交叉的空白处点饰小碎花清新可人。

青花的色调不寻常。不似永宣青花的浓艳，也没有康熙的青翠，却有一种温婉，细腻绵绵。

我没见过这样的装饰手法，尽管一眼认出了纹饰。

这种装饰跟经纬没有关系，是古代常见纹样，叫万字纹："卍"。

万字纹是佛教的流行符号，有学者考证说早在佛教传入之前就已经出现，但可能只是一种巧合。《华严经·如来十身相海品》里说："如来胸臆有大人相，形如卍字，名吉祥海云。"代表吉祥与神圣。

青花万字锦地纹印盒

虽然可能并非佛教原创，但的确随着佛教的盛行流行起来。而流行之后，人们又会忘记它来源于佛教，像这件印盒。

不过要怪还得怪装饰。用某种单一纹样不断重复把表面铺满，叫锦地。如果其中再画上某种主体纹样，比如某种花卉，那就成了锦上添花。把卍字不断重复，就成了万字锦地，因为无始无终连绵不断，也被叫作"万字不到头"，有绵绵不绝永无止境的意思。民间很受欢迎，无论僧俗。而在流传中，有意无意会加入种种变化，甚至与最初的模样相去甚远，不易分辨。如这件印盒所见。

这种形制叫印盒，或印泥盒，用来存放印泥。今天真正的印泥生活中难得一见，但其实并不陌生：单位上盖公章，签合同盖手印，都要用到"印泥"。现在常用吸满了"红墨水"的海绵，挤在红色金属盒里平整妥帖。这其实就是印泥的现代工业简化版本——价格便宜，使用方便。但书画家看了就不免摇头，避之唯恐不及，更不要说用在画作上。

对古代文人而言，印不单只作为个人印记，如签名，更是画面点睛所在。所谓诗书画印，可算压轴。于是盛装印泥的印盒受文人珍爱，理所当然。

但用途并不限于盛印泥，古代香道用具最基本的配制：香炉、插瓶、香盒，雅称"炉瓶三事"，香盒自然是用来装香料，也是这种样式。而女人顺理成章可以用来装香粉。看到盒，想分辨是印盒、香盒还是粉盒，有时并不容易。

此外，盒与"和"同音，与"合"也同音，"和合二仙""和和美美"，都能用上。所以民间流行，宫廷也流行。

要是你看到画上一捧荷花还配了一个印盒，那意思其实是"和合二仙"。

我被拍卖图录上的那件瞬间击中，虽然"贫穷限制了想象力"，但我有我的行动力，于是决定把它做出来！

因为人在上海，我马上给少文打电话，让他立即安排试制。

我几乎可以看到拉坯师父如何拉坯，利坯师父利坯，然后画坯，之后上釉，最后烧窑。每一道工序，每一个细节，一幕幕在脑中演过。我继续想象窑门打开的那一刻，看到最后完成的样子。我甚至想象见到完美印盒时激动的心情。

多想按下快进键。

但忽然被飘在脸上的冷雨惊醒！

雨！

今年又苦雨。

从年前开始，雨就没怎么喘息过，气温又低，这是做瓷器最难熬的季节。

阴雨天，坯不易干。后面工序无法接续。古代冬季必停工，等待第二年天气回暖。今天虽然在现代化生产上可以解决这些问题，但对一个传统手工艺的小作坊来说，仍然是个大麻烦。

好瓷器需要好天气。

绵绵细雨却让幻想崩塌。更要命的是，压根就不知道什么时

看似简单的直线段，带来意想不到的无尽麻烦。

候会天晴。天气预报这一周都有雨，五天后的降水概率降低了，但那并不意味着天晴。就算真的几天后停了雨，也并不乐观，因为第二天可能又下起来。

有目标的等待可以计算，数着年、月、日、小时、分钟、秒。

等待好天气却不同：你苦苦等待，几乎要放弃，忽然雨停了，给你希望。你的希望刚刚复燃，雨又下了起来！

我赶紧又打少文电话：

"景德镇是不是还在下雨？"

"对啊。"

"咋办，那不是做不了坯！"

"你忘了？"

"忘了什么？"

"坯啊？"

"什么坯？"

"印盒。"

"就是说要做印盒的坯。"

"做了。"

"做了？"

"你忘了？"

"忘了什么？"

"去年安排做文房系列，其中就有印盒，年前已经做了一部分。就是这个样子。"

有这样的好事！非但不用苦等，进度还大大提前！赶紧画吧。

这种满装饰的纹样，虽然费工夫，但通常难度不大。典型的像缠枝莲，绵绵密密铺满表面，再复杂也驾轻就熟。看上去，万字锦地还不如缠枝莲复杂，但一动手，却发现大错特错。

缠枝莲看似复杂，但因为都是曲线，无论瓷器的表面是凹是凸是平，都如藤蔓因势附形。但万字纹的每一个小单元都是直线，是方块。直线在不同的表面上，处理起来完全不同。好比在纸上画条直线，随手一卷，直线成了曲线。印盒是曲面，看上去却要是直线！

更麻烦的是，制作的过程，并不是直接让画师对着原作画在坯上。而是要先做一个技术处理，就是将器物上立体的图样先做成平面，然后"转印"到要画的坯胎表面。这两个步骤，前者叫打图，后者叫拍图。是传统青花彩绘工艺辅助定位的方法。缺少实物，就只能从图片上想象立体的样子，再转化为平面图案。问题是，我们看到图样上的直线段，其实不是直的，作图的时候，就要变成曲线，再转到坯的表面，让人看上去是直线。而印盒的表面，不同的地方，弯曲的程度又不一样。

但麻烦还不仅止于此：画的时候，直线比曲线要难得多。曲线弯多弯少一点，细微处不引人注目，但直线不直却是立竿见影。清代大书家何绍基总结自己三十多年写字的经验，只说：横平竖直。

看似简单的直线段，带来意想不到的无尽麻烦。古代陶瓷直线装饰少，这或许是一个原因吧。

接下来的进程都还算顺利，虽然画师一边画一边叫苦，但硬着头皮耐着性子放慢手脚，也并没有不能跨过的障碍。

一周之后，第一件印盒入窑。

一天以后，冷却，开窑。

因为放在中间的位置，打开窑门，并不能敞亮地看见。

但透过其他的器物，隐隐看到那一抹蓝色，暗暗欣喜。

心里说：成了！

附记

太喜欢这个纹样，单用在印盒可惜，另做了一款壶承。顺带还做了一块瓷板，可以挂在墙上。

瓷板画起来，比印盒顺手多了。

做的时候，想到如果青花要是变成永宣的风格不知道会怎样？

于是画时就用了两种青花料。

烧制完成之后，效果都不错，各具风韵。

原作虽然是康熙青花，但更有明代中晚期的感觉，顺顺柔柔。

用上永宣的苏麻离青，好比烈酒，对比强烈，初看并不讨喜，看久了就会上头，劲儿大。

不过这样一来，对于有选择困难症的你，就很不友好了。

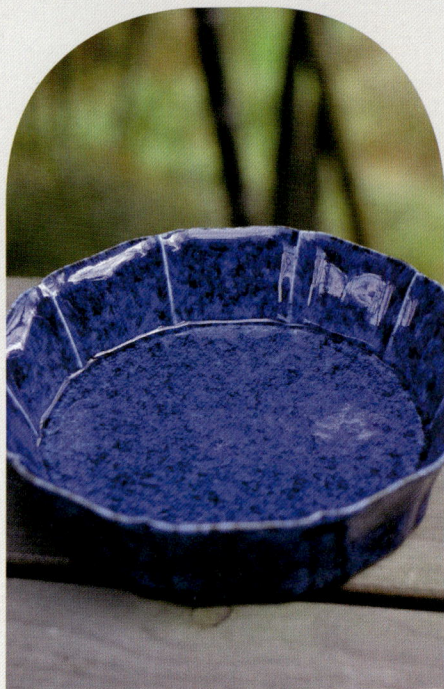

尘封五百年的
美好重现

一些美好被遗忘，一些被发掘。

500多年前，一场美的试验在默默进行，没有人知道它何时开始，花费了多长时间，经历了多少曲折。最终它完成了，不过很难说是成功。并且很快，又隐没在历史深处。

与他同门的大师兄极尽尊荣，几乎成为瓷器的代名词——青花瓷。甚至他的二哥也地位显赫，听听那名字：祭蓝。什么祭？皇家的祭祀。能用得上祭字的，只有红和蓝。

不过论名字的好听，其实它倒是更诗意令人难忘：雪花蓝。雪花怎么是蓝的？或者，有蓝色的雪花？它的另一个名字叫洒蓝，那么有动感，那么潇洒。

它诞生在明代宣德年间，不过宣德皇帝在位的时间也不过十载，宣德之后，有明一代，便成绝唱。以至于在清代它重出江湖的时候，人们骄傲地宣称，这是"本朝"的发明。

可这也算不上所谓命运的重大转折。因为这个时候，青花老大哥的风头，甚至被粉彩这个小鲜肉抢去，毕竟，风光了几百年，又只有一种颜色。粉彩，多么新鲜、靓丽、丰满。

于是雪花蓝常常只是个小配角，做些辅助，跑跑龙套，或者干脆当作背景。偶尔也在些小戏里演男一号女一号，却没什么票房。

不过，这到底是怎样的一场美的试验呢？

关于蓝

青花风靡世界数百年，首先是那迷人的蓝色。在英文里，青花瓷干脆就叫blue and white。或许是因为蓝天和海洋，无论地域文化人种，都生活在这个蓝色星球，于是对于蓝色，都无法抗拒吧。

青花是画，还有纯粹的蓝。画与不画，是两极。在青花瓷成熟的同一时期，蓝釉瓷就已登场，同样蓝得精彩、漂亮。

还有没有中间状态？

有。雪花蓝。

雪花蓝是怎样一种蓝？他看上去就是把蓝色洒满白色瓷器的表面，因为洒——不像涂，不均匀，露出不规则的白，白与蓝交融，看上去，如雪花洒落在蓝色上。

不过，这种迷人色调并不真是洒上去。

《陶冶图说》记载："截径过寸竹筒，长七寸，口蒙细纱，蘸釉吹。吹之数遍，视坯之大小与釉之等类而定，多则十七八遍，少则三四遍。"

这种方法叫吹釉。吹釉过去是用竹，现在多用金属，做成釉壶。壶嘴和壶把是连通的一根管子，横穿过壶的上部，管子在壶内的部分不是封闭的，壶里有釉，从管子的一头吹气，通过气流把釉带出来，吹在瓷器的表面。

所以，雪花蓝另有一个名，叫吹青。这一吹，同一种蓝色就

洒蓝水洗

呈现出丰富的变化，深浅浓淡，不画而似有画意。实在是个了不起的创造。

被淹没的美好

但在创烧成功的那一刻，还显稚嫩，无法尽现它的美。而彼时青花正如日中天。

于是，不过数年时光，它便被历史淹没，甚至在五百年后它重新展露芳华的那一刻，都显得极为尴尬。

那件后来闻名于世的大明宣德洒蓝釉大碗，20世纪初流入天津一位大盐商家中，因为胎体厚重，被当作粗瓷扔在厨房一角，拿来装酱料。20世纪40年代，以极低的价格流入古玩行。因为长时间油烟熏着，酱料泡着，很不像个样子，古玩行里也不受待见，直到大古玩商仇炎之慧眼识英收入囊中，才算遇到知音。又等了30多年，1980年在香港苏富比拍卖时以370万港币成交，用一个精彩的数字见证了它的精彩。像压在历史大山下的孙大圣，五百年了，才重放光彩。

不过我第一次在图录上看到它的时候，很有些失望。蓝白相间得有些突兀。难怪宣德之后，不见踪迹。直到清代，那种若隐若现似画非画变幻交融的美，才得以成熟。如今，除了专业的收藏圈或者传统陶瓷的爱好者，恐怕极少有人听说过这个名字：雪花蓝。

重现

　　而我深知它独特的美，并为之着迷。于是就一直在想，如何把她重新呈现出来。亦步亦趋地复原那件明代的大碗（其实叫做钵更合适），显然不是一个明智的选择，无论是彼时洒蓝的效果，还是物件本身。要能呈现她独特的美，又要是一件实用的器物，能够在日用之中呈现的光彩。最好，还能有很多的用途。

　　我忽然想到明代有一件葵瓣式洗，形制优雅，是明代官窑中的经典，器物本身又有广泛的用途。平日做做果盘，或者在茶席上做个水洗，甚至当个壶承，都是不错的选择。而这样经典的器形，实施起来，又不会有特别的工艺难度。

　　年前就开始筹划，遇到大雪，不得不中断了进程。因为天太冷，坯内含水不能受冻。就算坯已经干了可以上釉，也会因为天冷出现意想不到的问题。好在只是出几个样，晚一点也没有什么特别的障碍。过完年，抓紧时间制作。

　　制作的工序倒不算复杂，在做好的坯体上吹青花料，再上透明釉，高温下一次烧成，和烧青花一样。其实最大的问题是吹蓝料的厚度，薄了太淡，厚了太浓甚而发黑，所以由淡到浓由浓到淡多试几个，烧成后选出最恰当的。

　　烧成后选出最喜爱的一件，兴奋不已。蓝得如此沉静、幽深而热烈。让我想起村上龙的一本小说，叫《近似无限透明的蓝》，无限透明的蓝，用在这里，合适吗？

夜华——外酱釉
内青金釉盖碗

我在一家作坊货架不起眼的角落一眼看到了那个碗。

碗是直口，碗身弧线敦实饱满，胎壁却薄，上手会有种试图抓起重物却发现很轻的失落。但这并没有影响我的惊喜。

最吸引我的是它的颜色，外壁是酱色，内壁深蓝。尽管布满灰尘，显得无比落寞，却无法掩饰那种隐隐的高贵气息，像一位失意的老贵族。

我找来一块湿布小心地将它里外擦拭干净，又静静等水痕干透消失，再次仔细端详。

外壁的这种酱色，就叫酱釉，历史可以追溯到唐代以前，不过真正的成熟是在明末清初。早期的酱色更近于自然，土土的，斑斑驳驳。匠人无意控制也无法控制，任其变化。今天看来，倒真有天趣的美感。但毕竟品质不佳，不为人所重。

明代以来工艺大进，酱釉渐渐成熟，大有登堂入室的劲头。无奈色彩本身比起红黄蓝绿，难称得上讨喜，一直在边缘徘徊。像个颇具才华的青年，既无背景，又无机缘，总难青云直上。

不过明代瓷器开始彻底征服世界，酱釉在西方受欢迎的程度大大超过中土，虽然仍无法与青花相较高下（谁又可以？），却是个颇受关注的配角，外酱釉内青花成为外销瓷流行的装饰之一。

这时的酱釉，不但颜色变得干净，釉面也光润，甚至常常泛出金属光泽。因而还得了"紫金釉"的美名。我手上的这个碗，就称得上紫金釉。

内壁的深蓝再熟悉不过，一看就是祭蓝。也有叫霁蓝。有说专用于祭祀，所以叫祭蓝，这种说法流传最广，不必尽信。但的确高贵。文艺复兴时期的画作中，蓝色也是高贵的颜色，不轻易使用。原因就是贵，普通画师根本用不起。看来无论瓷上还是画上，蓝色都曾是最昂贵的颜色。

不过当我擦干净内壁的灰尘仔细观看，发现与熟悉的祭蓝很有些不同。色调微微泛紫，很像明代嘉靖时期的蓝色调。我脑中忽然冒出一个词：青金釉。

但仔细搜寻，似乎又想不起青金釉最具体的作品。

我问了问作坊老板这个碗的来由。他说多年前试烧了一些，没什么人过问，丢在一边。问他里面是什么釉，他只说是蓝釉。

毫不犹豫，我买了下来——多好的样本。

回去就可以自己试烧。

酱釉不是问题，青金釉是什么却还不清楚。不记得在哪里偶然看到，一时要找又不知所踪。

百度一下试试，能找到的线索寥寥无几，多数还与我的印象风马牛不及。

考证的问题先放下，做做再说。

去釉料店碰碰运气，居然就有，大有得来全不费工夫之感。

至少到明代，制釉就已经成为一个独立的行业，尽管各家也还有自己所谓独有的"秘方"，但多数时候，却只需从专门售卖釉料的店里购买。这当然是产业规模扩大后分工的必然，不要说釉，瓷土都是专门行当。

只是不知道店里的"青金釉"是否如我所愿。

这也简单。试试就知道了，拿块照子，上了青金釉，刚好要烧窑，扔进窑里烧烧试试。

二十几个小时后开窑，我很是期待，不等完全冷却，戴上手套把照子从窑里一把抓出来，如饿极了抓一块烫手山芋。

一看，还真不错，基本就是想要的色调。不过和祭蓝委实区别并不大，或许只是祭蓝釉里加了些其他元素。

心里总算有了底。

可以做点什么了。做点什么呢？

碗虽然好，但总有些一览无余的遗憾，少了些悬念。

立即想到盖碗，碗盖一盖，内壁的蓝就藏了起来。揭开盖，蓝色明亮亮撞进眼里，会是异样的惊奇与惊喜。

视觉的体验是非凡的，与今天常见的撞色设计不同，内外的颜色并非并置：先看到酱色，再转到青金蓝色，仿佛将一种色注入另一种，又像是电影，或是音乐，具有了时间的属性。

这样看，普通三才盖碗的底托非但是多余的，甚至是"有害的"，它会过早地暴露玄机。其实清代开始流行的盖碗，本来就没有托，清宫传世的盖碗，我没有见过一件有托的。

盖碗的造型如碗一般饱满敦厚，直口，更容易隐藏碗内的蓝色。

上釉时，口沿处特意镶了酱釉，希望造成"包边"的效果。

盖碗的造型如两个一般饱满双层，直口，更容易隐藏碗内的蓝色

迫不及待把盖揭开，一团幽蓝迎面而来，黑洞般牢牢吸住目光。

这甚至在古代曾经是一种装饰的手法，比如白盘，口沿填上酱釉，清清楚楚一道边线，宣示器物占据的空间。

拉坯、利坯、上釉、烧成。

结果让我欣喜。虽然问题也不少：比如包边的效果因为口沿太薄而没有实现，仍是内外分明；有的碗心蓝色比直壁上的还淡，大概是上釉时稍稍薄了；还有开裂、变形、缩釉，种种问题不一而足。

但仍感到满足。

我挑出一套，盖好盖，托在手上仔细端详。

盖子盖上时，侧看全然是酱色，泛着金属的光泽，似乎带着温度。

俯视时，碗内的蓝色在口沿处遮不住了，细细的一圈幽蓝透出来，如美人腰间暗露一角的文身。

迫不及待把盖揭开，一团幽蓝迎面而来，黑洞般牢牢吸住目光。

待了半晌，居然忘了手中的盖，余光一扫，又是一片蓝色的惊喜。

整个下午都沉浸在这种喜悦之中，偶尔想写下点什么，又觉得仔细审视或许会破坏这种喜悦的沉醉。

晚上随手翻开英国诗人休斯的《诗的锻造》（在书架上放了大半年，最近也没有计划要读，不知为什么就抽出来翻看）。

开篇第二段就读到这样一句："你可能不觉得捉小动物和写

诗之间有什么相同之处，但我越想越觉得两者是同一种兴趣。"

在随后的文字里他解释道："从一首诗在你脑海里开始骚动，那种特别的兴奋、入迷、下意识的关注，到诗的轮廓、质感、色彩逐渐浮现，一直到某种简练形式的最后固定，在普遍的枯索寂灭中透出一些勃勃生机，所有这些，熟悉到令人无法错认。这就是捕猎，诗不过是一个新的物种、新的标本，在你的生命之外。"

这里，我可以轻易把写诗换成做瓷。又或是，现在写下的这篇笔记。

的确，造物难道不是诗吗？

诗要有个标题，就叫它"夜华"吧。

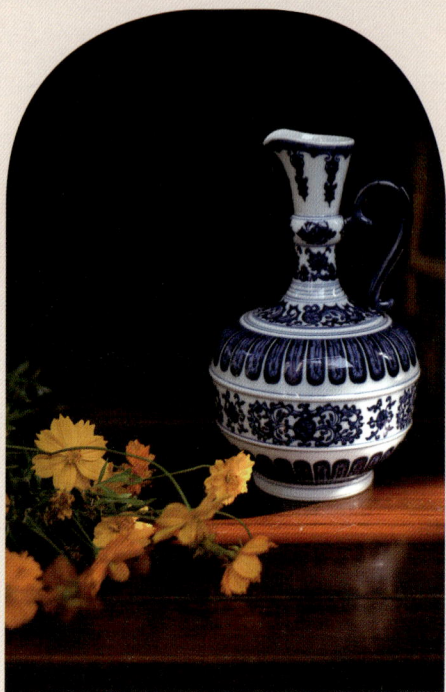

我们真的需要
花浇来浇花吗

永乐气象

600多年前，明朝永乐年间。

各国的朝贡，既保持天朝的威严，又是新奇的贸易。这一年，西亚使团进贡的一件铜器引起了永乐皇帝的兴趣。说起来也算不上什么奇技淫巧，实际上也不过是他们常见的日用器皿，看上去只是一个水罐上多装了一个把。不过，天朝上国的确没有见过同类器物，如此充满异域风情。

永乐皇帝想，照样子做几件，实在没什么意思。做成瓷吧，见识见识china的威力。于是下旨御窑厂烧造。

此时景德镇御窑厂，虽然不过几十年的经营，工艺却如日中天。他们甚至不会知道，明代整整300多年的时间里，这也是巅峰。

尽管烧造瓷器在当时是人类最顶尖的黑科技，但对景德镇的匠人们来说，这个任务实在看不出有什么特别的困难。

只是装饰上当然不能亦步亦趋地模仿铜器，用什么装饰，值得考量。既要保持皇帝的威严，又要体现天朝的风貌。最后的结果，并没有用皇帝专属的龙纹，而是用了缠枝莲。想来，还要用于回赠，龙纹当然不行，那是皇权的象征。

很快，青花缠枝莲花浇烧制完成。

是的，这种器形后来被称为花浇。仅仅从名字上也能想到它的用途。尽管他原始的用途或是酒器，或是净手器具。但这有什么重要？

把一切舶来品，消化吸收，是一种气象。

雍正设计师

雍正皇帝看待明朝传世美器的眼光是矛盾的。他当然懂得那些器物的好，三番五次地下旨仿烧；但又觉出这里那里不佳，得改改。比如成化的斗彩鸡缸杯，几百年来，备受推崇。但雍正皇帝却觉得不够细致，改。

永乐的这款花浇，器形完全来自西亚，丰厚饱满，有力气，又含着几分秀美，雍正皇帝仍旧下旨仿烧，有的口沿处稍做修改，但仍不满足，于是重新设计！

每次设计，皇帝本人都要亲自参与。设计的方式是先画出设计稿，再交由宫廷造办处的木匠打样，确定的木样交给御窑厂，很像是现在的3D打印。这当然大大提高了效率。

至于画面——宫廷画师那么多，连洋画师都有。

新的花浇不知道修改了多少回，看得出所花的心思：

口沿一侧外展，当然是方便水流出，像壶嘴，又显得灵动优雅。实用与美观，都恰到好处。上扬的取势与腹部下沉的力道又形成呼应的张力。

往下，颈部微微鼓起一圈：因为颈部纤细而腹部饱满有力，手把将两处连接，如果没有这道圈，颈部仿佛就要承受不了下坠的力量。

把也做得极讲究。两端衔接处做了上翘装饰，像英文华丽的字体。

颈部如天鹅般舒展，挺拔。

腹部饱满，却毫不笨拙，两道弦纹增加了灵动的韵味。

足处理得干净有力，稳稳地将腹部下沉的力道托起。

口沿上扬的取势与腹部下沉的力道又形成呼应的张力。让整个器物优雅中显示出力量。

雍正不做设计师，真是可惜了。

青花，还是青花

此时粉彩势头正猛，宫廷里又有珐琅彩新贵，青花的地位，正在受到挑战。不过，三四百年的江湖老大，又怎能轻易撼动。皇帝这款得意的精彩设计，只用青花做装饰。虽然展现出雍正青花独特的风格，却处处能看到前朝经典装饰的影子。

比如分层的装饰手法是元代的典型，比如刻意模仿明青花苏麻离青的效果。

苏麻离青料据说源自波斯，产地不确，成化年间就已绝迹。它自然产生的深浅变化、浓艳色调以及水墨般的意韵，令人神往。后世回青、浙青、平等青一一粉墨登场各领风骚，却始终无法填补苏麻离青一骑绝尘的遗憾。

青花花浇

皇帝说，想想别的办法。

苏麻离青一笔涂下来，会自然产生深浅的变化，最深的地方，已经发黑，是青花料里的铁。现在的青花料更纯粹、稳定，色调明艳，却没有这样粗糙的自然变幻。匠人们想到一个笨办法，深的地方，多点一些青花料，浅的地方，少点一些，远远看去，变化的味道就出来了。

看得出雍正皇帝是满意的，本来就不屑于照搬照抄，又是我朝的新发明，可以推而广之。于是，景德镇甚至出现了一个新的工种，叫"点工"，一个点工的画师，一辈子只做这一件事：点点。

从上而下，分了七八层，每一层都几乎是不同的装饰，但风格要统一，务求华美中尽显典雅。

像300年前的永乐皇帝一样，这次也没有用龙纹，毕竟是浇花这样的小情小调，太严肃就无趣了。

最突出的是腹部上下两层呼应的菊瓣纹。看得出皇帝对菊花钟爱有加，那一朝瓷器中最著名的一套色釉盘，也是菊花的样式（参看《当雍正遇见莫兰迪》），画菊花的，更不胜枚举。

整体的布局疏密有致，怎么看都挑不出毛病。

只是用来浇花吗？

花浇就只用来浇花吗？明代花浇在宫廷里至少用作花瓶，是否浇花却无从考证。花浇在清代浇花之外，不知道是否还有其他用处。不过器物的使用，本来就不必拘泥，明代文人就常用商周青铜器养花，说土里埋得久，"开速而谢迟"。

所以浇花之外，你可以做何用？

恢复一份古代的优雅

想想那么多古代的优雅都曾离我们远去，不得不说是种遗憾和无奈。

好在并没有彻底遗忘，我们还来得及重新拾起。

成型的部分可以简单看成一个长颈花瓶，只是口沿要捏成豁口，另外安个把手。有兴趣可以参看《瓶史》。

画的部分特别处在点工，用点的疏密来体现深浅变化。这当然是个吃力不讨好的活计，越来越少有人愿意干了。

于是，当烧制完成摆在我的面前时，我仍然不禁要问：

我们真的需要这样一款花浇来浇花吗？

桃红柳绿：吹绿
与胭脂水小杯

雍正时期的这个茶杯已十分小巧，喝茶时，两指或三指一捏杯沿，抬手贴到唇边，手轻抬，茶汤入口。不容粗笨的握或端。

——涂睿明《古瓷之光》

恰当

在台北故宫博物院第一眼瞥见这款小杯时，无比惊艳。尽管展台躲在一个不起眼的角落，尽管它看起来似乎平平无奇：没有夸张的造型，没有绚丽的色彩，没有引人入胜的画片。甚至这样的造型除了称作小杯，也没有什么新鲜的词语可以给它添彩。但远远的，它就是粘住你的目光，磁石般把你吸引过去。

太看好，又说不出哪里好，哪里新奇。但你也完全挑不出毛病，就是哪儿哪儿都好，都舒服。后来我在台湾著名设计师汉宝德先生的一篇文章中得到一个完美的解释，他用了一个词：恰当。

我喜欢这个词。更喜欢配得上这个词的杯子。

赞美陶瓷之美

我后来把它列入最能代表中国古代陶瓷美学的杰作之一，并专门写下一篇文章收录在《古瓷之光》这本书里。文章中我不厌其烦描述它的微妙细节——那些极易被忽视却完全体现精妙的所在，比如：口沿处微微往外一撇，不易觉察，像小楷精妙的起承提按，看上去一笔，不识者不知有多少变化。这一撇大有妙处，既呼应了茶杯下腹柔美的曲线，又可以有效降低变形的概率，手指捏住杯沿时，精确而肯定，还有防烫的功能。

我看到有读者留言：看完这篇文字，我立即想飞到台北故宫博物院去看它。

目的达到了。

但还不够。

爱它就烧出来

我想拥有它，也想让更多人拥有。购买自然超出我的能力范围，让人沮丧。但欣慰的是，我可以烧出来。

表面上看，这样一款小杯说不上有什么难以逾越的技术难度，甚至可以说是一道送分题。

简单地说，就是两步。先高温烧白胎，再低温烧绿釉。这很像那个段子：如何把大象装进冰箱？第一步：把冰箱打开；第二步：把大象装进去。

不过，对于景德镇而言，这的确算不上有特别的难度，实事上，多年来，我也做过类似的产品。不过，做出来易，做好难。

这可是代表雍正皇帝的品位。

何以难？

先是白胎。白瓷唐代就有，南青北白半壁江山。但达到雍正时期的精妙莹润，中间隔了一千年。它对材料与烧成都有极高要求。现代白瓷应用更广泛，从日用碗盘到台盆马桶，多到熟视无睹。但大多没有古代白瓷那种温润如玉的质感。以至于人们几乎忘记了陶瓷材质本身的美（回想一下，你是不是从来没有抚摸过吃饭的碗）。

再看绿釉。这种绿叫吹绿。瓷器之外，没有这个说法。表面上这其实和工艺有关，低温色釉的施釉工艺有多种，其实一种是吹釉。我第一本书《制瓷笔记》中有一篇写吹釉：古代没有气泵，吹釉真是用嘴，用小竹管，口上还要蒙一层细纱布。用嘴吹气，给人细腻温柔的印象，还有一点机灵的俏皮，像在儿时玩伴的耳边吹气，或是恋人。

看看吹绿。

柳绿青青，嫩，吹弹可破。古人说颜色，这样的叫法，妙不可言。

吹绿听起来看起来如此美丽，做起来却费时费力，古代吹得多的时候甚至十七八遍，目的当然都是要莹润剔透。

把简单的事做精做好，有时还要更难。

绝配

单单一只吹绿，总显得孤单。于是想，有哪一款雍正的单色釉可以与之相配呢？

当然是胭脂水。

胭脂水何以名贵？

胭脂水釉也叫胭脂红或胭脂彩，其色粉红如桃，很像古代美人涂抹于腮的胭脂，是雍正单色釉中最名贵的品种之一。名贵的原因之一是胭脂水属珐琅彩，身份特殊。又因彩料中需要加入黄金，也叫金红，"贵"就完全可以想象了。早期这种彩料是从欧洲传入，所以也被称为"洋金红"或"西洋红"，而西方多称之为"蔷薇红""玫瑰红"。

胭脂红釉的呈色有深、浅之分，最深者红中泛紫，称"胭脂紫"；稍浅称"胭脂红"；再浅称"胭脂水"；最淡有称"淡粉红"。至于何者算胭脂红何者算胭脂水，没有标准答案，我更愿意叫胭脂水。

除了颜色不同，工艺上与吹绿一致。一红一绿，配在一起，恰恰是桃红柳绿。

一红一绿，配在一起，恰恰是桃红柳绿。

造物的奖赏

过程不细说了，有兴趣的读者可以参看其他的笔记。我第一本《制瓷笔记》中，有一章专门说茶杯，很多工艺的有趣细节。

等到开窑上手的那一刻，迎着光，感觉它在呼吸。

这是给瓷人最大的奖赏吧。

写经，你需要一个好笔山

暮色中，一个背影走进书房，铺上宣纸，搦起笔，沾墨，舐毫，刷刷点点，是首诗？是给友人的书信？还是给皇帝的诤言它将给自己带来无法预知的命运？

写完最后一笔，轻轻往往笔山一搁。

那一刻，小小的笔搁安稳如山。

——涂睿明 《古瓷之光》

写点字，怎么要那么多笔。

无论水平如何，写毛笔字，不会只有一支笔，画画更不必说。且不说字有大中小号，同一号字还有真草隶篆诸多写法，每一种字体对笔的要求也有不同。启功先生考证晋代的笔纸，发现清人很难写出二王神采，原因竟是纸笔不对。清人流行生宣羊毫，王羲之当时用的是鼠须，硬得很。

而就算你只学一种字体，又怎能抵得住"换另一支笔是不是会更顺手"的诱惑。不择纸笔是一种境界，笔精墨妙则是一种诱惑。做不到不择纸笔，如何不求笔精墨妙？做得到不择纸笔，有几人？

于是，不择纸笔成为理想，笔精墨妙是为现实。而案头便大大小小一堆毛笔。

写点什么，或是抄点什么？

古时候没有电脑，抄抄写写都靠毛笔，现在全用不上。前几日朋友聊天，抱怨说孩子上大学了，可字写得不好，劝她练字，却说都不用手写的；又说签名总要手写吧。签名也不用。

不过，近年来书法忽又流行起来，一如茶道香道。是文化，是美。沉醉其中，有身心上的诸多益处，大受欢迎。

古人的书写，实用与美观，是其两端。一端是实用。书信文稿之类实用的，或工工整整，或信手拈来，虽然也要写得漂亮，但重要的是内容。不过流传下来，很多也成为法书经典，万世典范，像书圣王羲之的《丧乱帖》《快雪时晴帖》，不过当时便条。近时甚嚣尘上的苏东坡《功甫帖》，也是信札。另一端是纯粹的艺术创作。不过其实难以清楚分开。而且印刷术发明之前，书籍的传播，也依赖于书写。尤其是各类经书，唐代甚至有专以写经为业的，叫写经生。这一类，古代从未视为书法作品，近世却也发现其书法上的价值。

人们现在练习书法，免不了抄写古人文辞诗句，偶尔也有以佛经为内容作为书法创作的，不算主流。不过近年来，练习书法，写经忽然成为一种流行。

为啥都写经

佛教的经典里，常常说到书写经文的功德。比如《金刚经》里说："若有善男子。善女人。初日分。以恒河沙等身布施。中日分。复以恒河沙等身布施。后日分。亦以恒河沙等身布施。如是无量百千万亿劫。以身布施。若复有人，闻此经典。信心不逆。其福胜彼。何况书写受持读诵。为人解说。"

大概的意思是说，如果有人从早到晚，拿自己的生命都来布施，生生世世，多到如恒河沙那样，这样布施产生的福德，还不如有人听闻这部经书，产生了坚定的信念。而书写受持读诵的福德，又比产生信念的福德还要多。

总之，佛教的理论当中，写经的益处极大极多。

反正写字总要写些内容，抄经有这么多写字之外的好处，自然就流行开来。

写经，你需要一个笔山

佛教里最短的经文是《心经》，260字。写得快，少说也得一个小时。一刻不停，不大可能。停下来，笔放在哪里，是个问题。平着放，笔头挨着桌面，就要把桌面弄脏了。竖着放——那是在表演杂技。

古人自然有应对的方法，发明一种用具，叫笔山，又叫笔格或笔架。之所以叫笔山，当然是因为形状大多如山字形，又如几座山峰，山峰与山峰之间，笔搁得舒服。小的三座峰，可以搁两支笔，大点的五座峰，搁上三支笔。再多就很少见了，因为要是七峰甚至九峰，体量巨大，容易显得笨拙，不文气。当然，也很少同时用得上五支笔的。

不过，笔山之中，也有不是山形的，毕竟只要能用来搁笔就

茶叶末釉笔山

行，但笔山的名称，却可以通用。

实际上，笔山早已是书写的标准配置，虽然文房四宝中不见。

烧一枚茶叶末釉笔山

茶叶末釉听起来就很有意思，细细的黄绿黑相间，很有点像茶叶的碎末，因此得名。茶叶末听起来虽然不上档次，但茶叶末釉却是官窑的名作，甚至一直被称为"官窑秘釉"，专供皇帝赏玩。

对茶叶末釉的称赞，最广为流传的，是清末寂园叟《陶雅》中的这段文字："茶叶末黄杂绿色。娇娆而不俗。艳于花。美如玉。范为瓶。最养目。"

这话听起来很美，不过很有些问题。

第一句描述，虽不精彩，甚至算不得精准，但大体上不错。

但后面几句，就有些让人摸不着头脑：既是黄杂绿色，如何娇娆？古瓷素三彩中常有黄绿的搭配，娇娆却说不上。再想想茶叶末，怎么能和妖娆挂上？艳于花，就更离谱。

只是现在说起茶叶末釉，无不引出此句，而恰恰是最大的误导。对古人之盲从，此见一斑。

茶叶末釉最早的产生可以追溯至唐代，真正的辉煌，却要到清代的雍正、乾隆两朝。两个时代的茶叶末釉各有特点，因为是黄绿相杂，黄多还是绿多，就很有差别。雍正时偏黄，取了个名字叫鳝鱼黄；乾隆时偏绿，就叫蟹甲青。名字就很古雅。

实际上古人也称赞茶叶末釉"古雅幽穆"，的确深入骨髓。

不过这样的审美意趣，并不太受民间的喜爱，毕竟古代平民百姓，以漂亮热闹为宜。

今时今日，茶叶末釉的烧制，早已不囿于官窑，但要烧好，仍非易事。它是一种结晶釉，烧成的温度在1280度左右，比青花低。但同样要烧还原焰。为了更好地体现沉稳的效果，选用的瓷泥要铁含量高，烧成后胎体呈深褐色，叫铁胎。

笔山的形，不具象，小件而不小气，沉着古雅，以配合书房画案的沉静气息。

烧好后忍不住上手把玩，再拿起毛笔写上几笔，再往笔山上一搁，安稳如山。

瓶
史

　　袁宏道《瓶史》一书在花道领域被奉为宝典，日本尤重。器物史研究者却少有论及，这看上去有点本末倒置。其实怪不得研究者，因为《瓶史》一书讲的是瓶花，不是花瓶。

　　文治兄在《瓶花之美》里说：

　　"瓶花"是每个人内心深处对植物，对花器，对环境的理解呈现出来的艺术……比插花、花艺、花道涵盖的范围要宽阔得多……关注的是审美，是精神的投射，是感情的寄托。

　　深以为然。

　　当然，瓶花离不开瓶，《瓶史》中专有一节。寥寥三百字，引述如下：

　　养花瓶亦须精良。譬如玉环、飞燕，不可置之茅茨；又如嵇、阮、贺、李，不可请之酒食店中。尝见江南人家所藏旧觚，青翠入骨，砂斑垤起，可谓花之金屋。其次官、哥、象、定等窑，细媚滋润，皆花神之精舍也。

　　大抵斋瓶宜矮而小，铜器如花觚、铜觯、尊、方汉壶、素温壶、匾壶，窑器如纸槌、鹅颈、茄袋、花樽、花囊、蓍草、蒲槌，皆须形制短小者，方入清供。不然，与家堂香火何异，虽旧亦俗也。然花形自有大小，如牡丹、芍药、莲花、形质既大，不在此限。

尝闻古铜器入土年久，受土气深，用以养花，花色鲜明如枝头，开速而谢迟，就瓶结实，陶器亦然。故知瓶之宝古者，非独以玩。然寒微之士，无从致此，但得宣、成等窑磁瓶各一二枚，亦可谓乞儿暴富也。

冬花宜用锡管，北地天寒，冻冰能裂铜，不独磁也。水中投硫磺数钱亦得。

短短三百字，信息量却不小，把为什么要好瓶，什么是好瓶，瓶要多大，如何用，有何注意事项一一道来。当然多讲原则。

比如说为什么一定要好花瓶，他说你不能把大美人放在茅房，又说酒仙你不能请他在普通的酒食店里喝酒。诗圣杜甫写过一首《饮中八仙》，嵇康、阮籍、贺知章、李白都位列仙班。

他也会举一些具体的例子，比如说官窑、哥窑、定窑，都是花神的精舍，但要注意，要细媚滋润，不细媚滋润，什么窑也不行。讲的是美学。不是要记住什么窑的瓶好，而是要理解什么是好，是美。今人往往本末倒置。

我对瓶花兴趣不大，对瓶却情有独钟，这大概与我热爱雕塑有关，一只花瓶如同一件雕塑。于是时常将喜欢的古代经典复刻出来，有如临帖。

制作伴随着研究，日久，就生出写一部真正《瓶史》的想法。不是瓶花，而是花瓶。

我的《瓶史》不知道从哪里开始，会在哪里结束。

印象中，青花摇铃尊可能是第一件。

这是康熙时期创烧的经典，我在《古瓷之光》里写这件名作的第一句话："观瓶如观美人。"

这款器形文治兄也极爱，画了七件，一周七天每天用一款，不重样。

后来是甜白釉梅瓶。为了方便，把明代的印坯工艺，改为利坯的工艺。

豇豆红的八大码里有几件瓶。

每一款瓶的造型不同，气质各异，工艺上又有不同。一件件做来，有如遍临历代名帖，越临越有深入的体会。无论是工艺还是美学，欣赏还是实践。

不管什么样的造型，瓶基本都要分段成形，有的两段，有的三段，自上而下分隔开，然后再合在一起。合起来时，用接头泥，像是砌墙时抹泥浆。过去接头泥处理不好，烧成后会看到明显的接痕。虽然大体上一致，每一件瓶形因为样式不同，遇到的难点也大不相同。比如长颈的容易歪，宽底的容易沉，不一而足。有些问题可以根据经验避免，有些问题只有等问题出现才会知道。

单有一件海棠式花觚，是我极爱的一款。这种"异形"的

甜白釉梅瓶

豇豆红的八大码

瓶，工艺上完全不同，必须要用印坯的工艺。分为数段，分别模印，再将各部分组合起来，最后上釉烧成。这款经典有官窑有窑变，我自己就收藏有一件新仿的玫瑰紫窑变的。很少示人。

群贤毕至

瓷壶自有瓷壶魅力，
近年来开始颇受一些茶人的重视。

比如用来泡岩茶，
认为会比紫砂扬香。

瓶与花

文治兄的

　　文治兄说早就想来景德镇（但凡对中国古代文化有兴趣的，多数都会这么说），真正成行还在数月前，他应邀在景德镇用一些年轻艺术家的花器插花。

　　此前我们未曾谋面，于是约好来我工作室小坐。却不想临时有事赶回北京未能赴约擦肩而过。

　　数月后我去北京，到了他的工作室。

　　相谈甚欢。

　　他说早就想来景德镇。上次去的不算，除了插花，哪也没去。

　　我照例宣扬景德镇的好。每每能把想来的客套变成冲动，进而行动。

　　临走时他说，还想要带学生来。

　　嗯，已经不是客套，冲动了。

　　看看何时行动。

　　未想不多时，文治兄果然兴冲冲打电话说定了时间来景德镇。

　　够快的。

　　几天下来，他激动万分。收获远远超出预期。带学生游学的事儿，更不犹豫。

　　我带他的食住行，直接拷贝成游学线路，再添点枝加点叶，方案一并完成。

　　行程定在十月中旬，十月初在上海《花落之前》展览上，他

用我烧的花瓶插花，又聊了聊细节。特别是其中一款摇铃尊，嘱我多做几个，来时要带学生画，满怀期待。

其实来景德镇时我撺掇他试试画青花，他迟迟不好意思动笔。鼓起勇气画了一块盘子。烧好后一看，有了信心有了期待，后来在景德镇大展拳脚。

行程安排得紧凑，一晚还在三宝蓬艺术聚落做了一次演讲，火爆异常。

他分享了以往的研究成果，更增添了来景德镇学术上的收获。他谈及在景德镇看到的诸多事物，多处足以改写瓶花的历史。

游学结束的那个下午，他如期带学生来画摇铃尊。他的学生倒是一直满怀期待，不似他第一次的"扭捏"。

但我也没想到他居然那么兴奋，刷刷点点涂涂抹抹急如风雨。学生们才动笔，他已经完成了三件。还一边大呼好玩儿，一边要我再拿坯来画。像是酒仙大呼店家："拿酒来，再拿酒来！"

起初，他因为觉得"不专业"迟迟不肯动笔。等到小试牛刀，忽然悟到原本就不该当成专业的画画。其实所谓文人画，最初不过文人游戏笔墨。一如插花，看到的是古人生活的态度与情趣。他在自己的书中本多有论及在每次演讲时也反复谈论。

于是这次来画，早已是胸有成竹，画时大呼过瘾，如痛饮离骚。

他一共画了七件，说刚好一周，一天一换。

几天后烧好窑，寄去北京。他果然每日插换，每日精彩。

发来照片我看。

只是不知道这次在他眼中的瓶花，是瓶胜于花，还是花胜于瓶。

义治兄的瓶花作品

四僧山石杯　隐石：影青暗刻

我第一本书《制瓷笔记》出版后（现在是第二本《制瓷笔记》，一晃八年了，其间还出版了四本书，收获算得上丰厚），安排在深圳中心书城做一次演讲，湛宁兄亲自操刀，不但全程安排，设计海报，并准备亲自主持。主持不简单，和嘉宾对话交流，对内容要有相当了解，口才更不必说。但他驾轻就熟。他的"知美学堂"每月一次活动，大咖云集，每期都是他亲自主持。他有自己的亚洲铜设计公司，业界颇具影响，本就忙得不可开交。每次活动，压力山大，毕竟每期活动内容千差万别，偶有熟悉话题，更多是陌生领域，必然要集中补课。我问他为什么搞这么累，他说其实就是额外给自己一些学习压力。一个月一门小课。前些年网上流行一句话，大意是比你牛的人比你更努力，果然如此。

演讲当天上午，他因临时有市政府的特别安排，下午出差，未能如愿。"留点遗憾，等你下一本书，我一定要做成这个主持。"

两年后，第二本《捡来的瓷器史》出版，再次到深圳中心书城大台阶（我们都不会想到，2023年《捡来的瓷器史》再版，会由湛宁亲自操刀设计）。他如约到场，额外还拉上这本书的出版人陈垦，浦睿文化的创始人。他和我同去深圳，除了新书的发布，也是想约湛宁的书，书名暂定《搞设计》。和王澍的《造房子》，山本耀司的《做衣服》成为一个系列。不过，搞字有点不太好搞，但你要问个设计师你是干什么的，他多半会说：搞

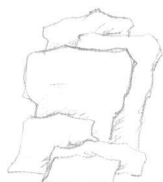

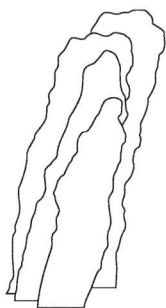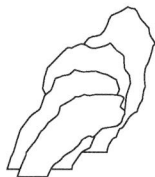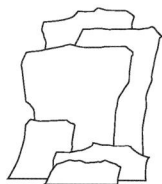

四僧石手稿与线描图（韩湛宁）

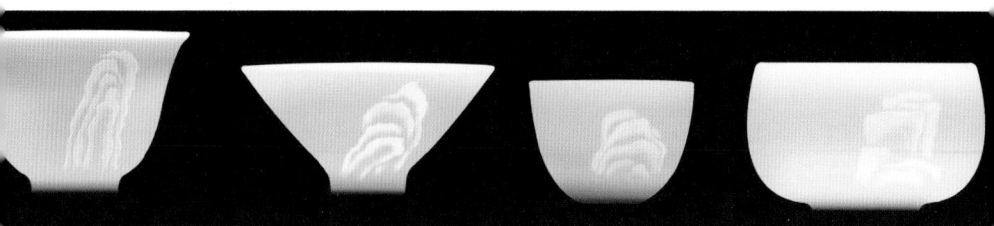

四僧山石杯效果图（减层版）

设计。

　　事实上，这几年，湛宁兄对陶瓷也颇为关注，每每说起，也总想要做点什么，但也总是太忙，每每也只停留在想做点什么。

　　去年过年前我们通了一次电话，电话的缘由已记不清楚，但聊到做点什么，他忽然下决心真要做点什么："我必须得去一趟，不能停留在想做点什么。"刚好陶瓷大学一直想请他做讲座。一举两得。

　　放下电话就安排行程，飞到景德镇，讲座完，静下心来聊。

　　他自然没少见到各种陶瓷设计，这几年，对传统陶瓷接触也不少。但对哪些工艺有什么特点，美学上有什么特征，制作上有什么难度自然缺乏深入了解。

　　而对我来说，一直希望把传统工艺美学的精髓在现代的产品和设计中呈现出来，但缺少高超的设计能力。

　　一拍即合。

　　交流的过程并不复杂，很多对工艺的理解，一点即透。景德镇瓷器工艺门类众多，装饰手法数不胜数，我选重要的和他讲。工艺怎样，成本如何。有的成本太高，有的工艺过于复杂，思来想去，我们最终选定影青雕刻工艺。

　　这种工艺承自宋代。影青说的是瓷质，指宋代景德镇盛产的青白瓷。这种瓷器在宋真宗景德镇元年进献给皇帝，皇帝大加赞赏，景德镇也因此得名。青白瓷，白里泛青，釉厚处青色更显，但终不似青瓷。后世文人取名影青，极传神。影青瓷有的光素无纹，也有的雕刻花纹。

雕刻有阴有阳，阳刻浮凸于表面，一般叫刻花，阴刻多称划花，连笔带划，以刀作笔。景德镇的划花工艺还有一个叫法：半刀泥。无论阴刻阳刻，刻后施透明釉，画面全被盖住。待烧成，透过釉面画面浮出来。不过远看并不明显，有如暗纹，于是也有叫暗刻。但如果迎着光，或是背面打上光，画面突如其来，令人惊叹。

我们一边翻看经典，一边上手现有的产品。再把这种工艺的特点，难点，美学特征，以及成本的控制一一拆解，他心领神会。

我满怀期待。

两周后，他发来设计方案，眼前一亮。

设计选取明末清初四僧（石涛、八大山人、髡残和弘仁）所画山石加以提炼，凝成四种不同风格，再从近百款观味杯里取选了四五款，尝试不同的风格与不同的杯形搭配。

山水画是中国画中最重要的题材，也最代表中式美学，无论是视觉上，还是精神上。而山水画中的石，又更具独特审美价值，尤其受到古代文人的喜爱。白居易说："待之如宾友，亲之如贤哲，重之如宝玉，爱之如儿孙。"宋四家的米芾拜石，爱石成痴是文人佳话。朱良志先生近年还专有一本谈石的著作，叫《顽石的风流》。

我立即安排试样。

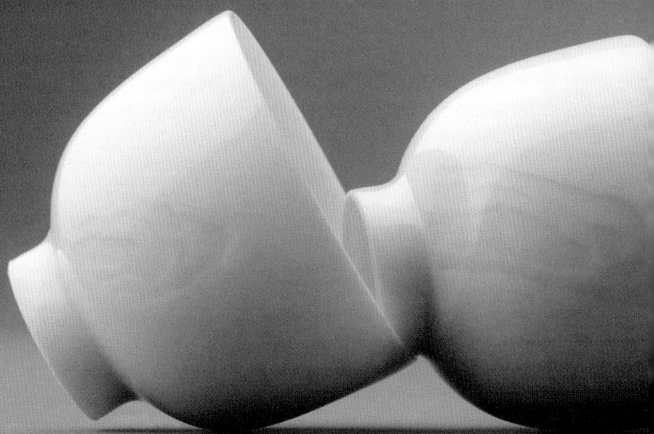

影青暗刻四僧山石杯

湛宁兄设计的画面，看似简单却是对工艺最苛刻的要求。虽然只是表现一块山石，但工匠的刻刀在素坯上游走，必须有精微的控制，屏息凝神间收放自如，才能在简洁的石块中体现出山水画中墨色的深浅层次，同时又足以让人感受到山石的坚实。

试刻了几款，立即发现问题：设计稿层次过多，一来大大增加了雕刻的难度（毕竟一个小杯子要雕刻七八个层次太过困难，势必要增加杯子的厚度），烧成之后也很难体现设计的效果。于是开始做减法，保留原稿的样貌，但减少山石的层次。

不过就算如此，一个杯子上，也至少有三四个层次，对于雕刻来说，也是个不小的挑战，不过有了前面的准备，动起手来，也就没有过分的难度。

很快就完成了几组，上手后都觉得不错。瓷质白里泛青、釉色莹润、胎体通透。山石在光照下亮起来，清雅宜人。

但接下来又有一个问题，就是四种不同的杯形配不同画面，作为收藏赏玩自然是倍增的趣味，但如果使用，四款不同杯形摆在一起，杂乱无章。再做减法，定下这款半高足杯。既适合展现画面，大小容量都很合适，无论普洱、岩茶、乌龙、白茶，一网打尽。

接下来的工作，交给匠人与时间。

等到最后完成。已是年底，掐指一算，半年有余。

最后的问题是命名。妻说：影青雕刻工艺的山石，叫隐石吧。影换成隐，把暗刻又暗含其中。

拍案叫绝。

　　韩湛宁：著名设计师、教授、诗人、策展人

　　中国版协装帧艺术委员会常务委员，深圳亚洲铜设计顾问有限公司创作总监，汕头大学长江艺术与设计学院教授、硕士生导师。曾任深圳市平面设计协会秘书长，"平面设计在中国展"执委会秘书长等职。

　　近年曾在国内以及海外获奖逾八十项;其中包括国家五个一工程奖、国家图书奖、中国书籍设计展银奖、最佳奖、深圳设计2003展银奖、美国MOHAWK SHOW全场大奖、香港M&M(媒介)平面设计大赏优异奖、香港设计师协会奖优异奖等。

隔壁老王

隔壁老王仙风道骨。

老王工作室与我隔条小溪，遥遥相对，触手可及。有时站在落地窗边看山景，一转头就看见老王，要是刚好老王也看过来，就点头打个招呼。

老王的作品以前在展览上见过，有风格，印象颇深，传统文人画诗书画印的套路，他拿捏得熟稔，用在瓷板画上不焦躁，又能把陶瓷材料的特性发挥，耳目一新。特别是作品的装裱，用力，出新。有时装框挤在一侧，有时画面顶出格，大胆而有新意。老王也颇为自得，我却常常视为小技。总没听说过装裱大师足以与艺术大师比肩的。

老王精精瘦瘦，穿得干净利落，或扎个围巾或戴个小帽细节处处与众不同看得出讲究，却不张狂，园区的艺术家都喜欢他尊敬他，有些干脆多配一把工作室钥匙交给他，有事找老王，老王像个居委会大妈。

我第一次去老王工作室坐，并不怎么聊陶瓷。他工作室隔成开放的里外三间，最内是间小茶室，茶室一角靠窗摆张小桌，架着帖，铺着刚写完的毛边纸。临的是杨维帧，知道的很少，现代人看多人呼丑书。杨维帧在书法史上是个张狂异类，学陶瓷的肯定大都没有听过。

其实看作品就知道老王功夫都在陶瓷之外，是高手。

但我仍然低估了老王。

我们边喝茶边聊聊各自经历。转头看见侧面书架上一只青花梅瓶，一眼认出是老树的作品：

你也认识老树？

嗨，老朋友了。

老树的全名是老树画画，前些年在网上爆红，有年春晚都用他的画做背景。我无意中在《花乱开》一书的介绍里发现，原来是我大学老师刘树勇。大学里他教艺术类通识课，特别是摄影。讲得少，不停地放片子看，不住地说"真好""真好"，偶尔停下来发大段的议论，信马由缰，我们听得入神，不知道被他牵到哪里去了，直到下课铃声猛然响起，拉回现实。

老树早年在文化圈里多以摄影评论家身份出现，其实他什么都玩儿，画插画、写小说、搞摄影。他说不能又当裁判员又当运动员，所以自己的摄影作品不在国内发表。记得大学讲课时他点评自己的摄影作品：我最大的本事就是把死人拍得跟活人似的，把活人拍得跟死人似的。

于是话题蹦到了摄影。原来老王是摄影圈老泡，参过展，拿过奖，是摄影圈响当当的人物。他搬出摄影集一页页如数家珍，我一页页心潮澎湃大呼过瘾。

你咋不搞摄影了？

嗨！（老王总是先嗨一声。）

2009年，老王受邀给上海画家陆春涛拍肖像，画家刚好在景德镇画瓷。老王跑到景德镇三下五除二把人像拍完。画家说，老王，试试啊，好玩儿呢。

色釉梅石双陆尊

色釉佛手摇铃尊

老王说没画过啊。

画家说没事儿，简单，试试就知道了。而且，画瓷无废品。

老王战战兢兢画了几个，感觉还不错，烧出来更超预期，喜滋滋带回洛阳老家。没想到周围朋友见了都说好居然瞬间销售一空。

老王有点懵。随便玩玩儿的东西，比自己几十年功力的摄影卖得快卖得好。画瓷真的没有废品。

后来事顺理成章。景德镇有创作空间，空气又好，水又好，山又好。他搬来景德镇。摄影并没放下，只是看上去成了副业，甚至后来很少有人知道他是摄影家。

其实他刚来景德镇，除了尝试陶瓷的创作，还兼职在陶大教摄影，可是景德镇陶瓷大学的学生只想学产品拍摄，他教的那些高级玩意儿没人懂没人学自讨没趣，于是懒得教，只私下里收几个学生跟他多年后做了个小摄影展让国内同行刮目。

陶瓷艺术的道路倒是顺风顺水。早期做了几件观念艺术，不过这类作品吃力不讨好，他后来的作品花样翻新，但其实是简单了，都是平面，回到他最擅长的影像，广受欢迎。

我这些年陆陆续续在研究古代的瓶，未来想写一部《瓶史》，袁宏道的《瓶史》其实跟瓶无大关系，讲的是插花，也没有史。我想把它落到实处，不但写，还要烧出来。陆陆续续也烧了不少，越来越有心得。

那天忽然聊起，说老王你为什么只做平面，他说平面还没研究完，立体的还没时间也更难，而且那些新造型奇奇怪怪没兴趣。我说你拿我的瓶子试试。老王说好啊。

　　于是他跑进坯房，兴奋得像个小孩进了糖果铺。本来想着他挑几个先试试手，不想一口气挑了二三十件。

　　"我回去先试试。"

　　一试几个月，其间我也没问过，有一天他打电话给我：

　　睿明，烧坏了几个，有几个还行，你来看看。

　　我不知道他会弄出什么花样，兴冲冲跑去看。

　　风格不脱他的平面，特别是在红底上画红，蓝底上画蓝，很高级。又是画在经典的瓶形上，耳目一新。

　　老王问我说咋样？

　　我说：嗨！还咋样？

　　好啊！

老王摄影作品 呓语

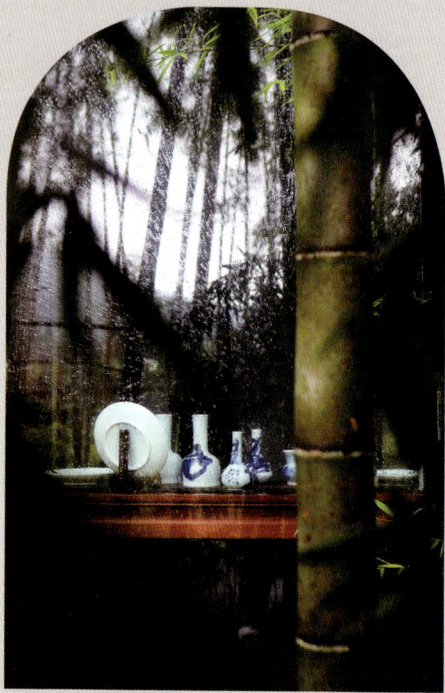

群山间
——霍晓的书
写与纸上园林

秘境酒店餐厅一楼二楼地面全用端砚砚石铺就，虽不是上佳石品，想来发墨不在话下，饭后一人书兴大发，要在一楼地上写字。地面磨墨是不可能了，纸铺在地上也不合适。我正暗想这风雅要怎么装，没想到他是惯犯，早就准备了大毛毡，少说五六米长，宽不下三四米，黑乎乎像破败酒店大厅的地毯。

纸也早有预谋，几人协力才能展开铺平压角，有人端来不锈钢脸盆地上一搁，有人把大瓶墨整瓶整瓶倒入，声势浩大。边上横一支毛笔如小号墩布。

太多书法表演早已见怪不怪。手之舞之足之蹈之，花样翻新。其实当年张旭张狂米芾疯癫传为佳话，今人东施效颦常沦为笑料——我倒想看看会演出什么新意：因为倒墨时此兄呼人在墨里倒酒显出是个内行，又或是装成内行。

表演开始。

此兄一把抄起"墩布"，深浸"墨盆"，提起笔，待墨淌缓，两手上下把住两脚扎稳，"嘿"一声往纸上重重一杵——这一下还看不出端倪，第二横就看出力道，已然生出几分敬意，但下论断还太早：一笔两笔看不出结构。接下来笔笔有力道，笔笔有精神，观者都兴奋起来。

不多时两字书毕：观山。字大如巨石，有张弛，有揖让，有疏密，有迅迟，神完气足，我终于忍不住叫出好来。

霍晓兄常居成都，私造一园"御翠草堂"，占地五十亩，是大手笔。造园林、做设计、绘国画、写书法。古人说功夫在书

霍晓作品

外，果然不虚。

通常写字的讲究，都在字内，点画笔墨结构章法。他写大字，却是要与空间发生关系，而不仅仅是空间的点缀某种附庸：从字形到字意都与所在空间深切呼应，甚至成为一处空间的点睛之笔。于是，当某些作品离开了所在空间，作品和空间忽然都失了几分神。

更让人惊讶的是：他从最大处着墨，又从最小处着笔。微到不足两毫米小字，密密麻麻，无穷无尽。他自称"苔藓书"：因为苔藓古老而生命力顽强，一点点光一点点水，地球沧海桑田多少物种灭绝，苔藓自野蛮生长。他说古人写得那么好，我们写不过就不写

霍晓书法作品

霍晓书法作品

了吗？我们活着，就要如苔藓生长，密密麻麻，无穷无尽。

不过，欣赏大字，你往空间一站迎面就能感受，看小字，却要凝神屏气。于是常有人问：要不要用放大镜？

其实苔藓书并不只是小，小中有大野心。他称之为"纸上园林"，这让我忽然想到博尔赫斯《小径分岔的花园》，那是时间，纸上园林呢？

他以苔藓书不断抄录古代园林的论述、题记、美文，从《园冶》到《醉翁亭记》，从《长物志》到《天镜园》，又将之布于他的"御翠草堂"。草堂虽大，却是有限，文字虽小，却是无穷。

他似乎无意中构筑了一个更广阔的空间，历代园林，古人造园的梦想与现实，今天的园林，今天造园的人，现实的园林，纸

霍晓书法作品

上园林。

　　其实那晚我刚从秘境茶室回到工作室，在一楼与友人闲聊，他刚好结束酒局，看我工作室灯火通明不请自来，借着残余酒兴，深聊起他的思考与创作。屋外水声轰响，月光洗亮。

　　我仿佛看到一位古人踏月影而来，与我深夜谈纸论书。是啊，纸是怎样一种存在？古人的思想、情感变成文字或图像都在纸上显影。我们又借此与古人神会。

　　我忽然想起他这次其实是来办展的，展览就叫"观山"，是那天他"表演"的成果。我又想起所在便是一处山谷，置"观山"于其间。原来作品的展场竟是这片群山。

附记

　　展览后霍晓兄来我工作室，顺带在坯上写字，瓶与盘信手拈来。

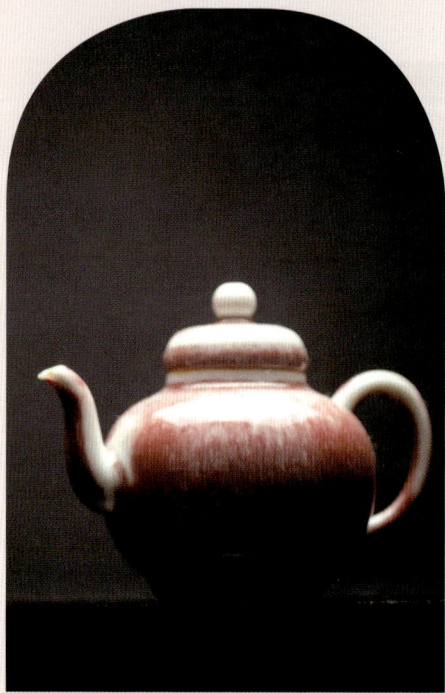

瓷壶记

　　2020年3月的景德镇，我的《古瓷之光》写作已过半，2019年下半年动笔，懒懒散散，疫情又给了借口。出版人陈垦江湖人称垦叔那年在景德镇有两本书，另一本是董全斌的《一人饮》，听他说"已经差不多了"，"你这本怎么样？"

　　我敷衍说在写，心里盘算着不知道什么时候可以交稿。虽然看似篇幅上完成了一半，但其实修改打磨的时间还要更长，这样一算，进度还不到四分之一。烧窑的计划还有不少。不敢细想。

　　他似乎听出了我的犹疑，说刚好过几天要来景德镇，问我在不在。记得有一次几个朋友聊天，席间有人问他作者拖稿怎么办，他说催稿的方法有很多。

　　这大概是其中的一种。

　　他到景德镇行程满满，感觉比我在景德镇的朋友还多。

　　有天晚上说认识个新朋友，在他那儿见到些古瓷，很兴奋，要拉我去。

　　景德镇本来就小，新朋友的工作室出乎意料的近，步行不过二十分钟，叫自在堂。每次我回三宝蓬的工作室，进出都必经过，门脸不大，雅净，却总是没人，更显得雅净。

　　堂主果树先生收藏高古瓷，明清的也收一些，远不及高古瓷。大概是觉得明清两代的大多能做，高古瓷就做不了。倒不是技术达不到，而是技术太好了，要做出笨笨的感觉，难。书柜里散落几件，摆放讲究。一件件拿下来把玩，心生欢喜。

　　陈垦看着激动，忽然说：这不就是侘寂吗？（喝完茶深夜

斗彩翠竹侈口茶托

青花五彩锦地开窗花口白兰杯

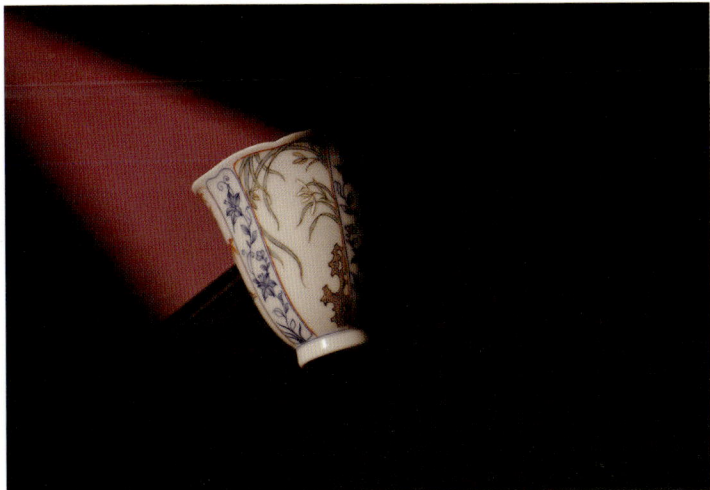

我们出来走回工作室，一路聊得兴奋，定下我下一本书叫《侘寂之源》）

　　果树与我颇有几分相似，我们都是从体制内辞职出来做瓷器，都做自己喜欢却往往不能迎合市场的，都想把文人气息在瓷器上灌注始终。

　　都容易遭受现实毒打。

　　不过他最近找到一条中间道路，既不放弃既有的坚守，又可面向市场取得经济上的收获。方法是设立子品牌。取名满樘，满樘其实是金玉满堂的满堂，加个木字边，忽然就雅起来。这个品牌做大众喜爱的"花花绿绿"。

　　这也符合历史规律。青花一登场，马上抢去了五大名窑风头，五大名窑少有装饰，青花却是漂亮醒目的蓝色绘画，上至帝王下至百姓一网打尽，起初文人还觉得青花太俗不屑一顾，但很快也参与其中。到清代粉彩登场，又盖过青花，为什么？还不是色彩众多层次丰富。古代文人士大夫尚且如此，能怪现代人吗？

　　何况彩绘也能做得雅。

　　其实果树学美术出身，后来误入仕途丢了专业，终于重归正道却偏爱宋瓷的简，用不上什么设计。要做彩瓷，刚好小试牛刀。

　　出手便是不凡。每件器物都亲自设计，不假设计师手。他有对古代装饰艺术的深入理解，设计起来不离古，又能出新，就是纹样，都能带着文人气。让我叹服不已。

我说果树你做的每一件，我都喜欢。

他会心一笑。

我们后来经常小聚，一聊就到深夜，总说联手做些器物，一直没有合适的切口。前些天去他作坊，忽然看见几把小瓷壶，眼前一亮。

瓷壶的地位一直有些尴尬。早期瓷壶或是酒器，或是水壶。难有高雅身份。到了宋代，流行点茶，瓷壶大概可以承担注水的功能，比起茶碗，显然是个配角。明代废团茶改散茶，瓷壶原本可以崭露头角，不想宜兴紫砂异军突起，抢了风头。即便宫廷里仍受重视，却也难与茶杯一争高下。

近代以来，紫砂壶更是大受欢迎，很长一段时间，风头简直盖过瓷器。瓷壶在瓷器中所占份额微乎其微，以至于连和砂壶相较的资格都难获得。

但瓷壶自有瓷壶魅力，近年来开始颇受一些茶人的重视。比如用瓷壶来泡岩茶，认为会比紫砂扬香。

我一直有做瓷壶的想法，但以我工作室的体量，想要自己完成，会有极大的困扰。工艺本身并不算特别复杂，但壶身与壶嘴壶流是完全不同的成型工艺。前者可以通过拉坯利坯的方式，后者则需要通过模具。两者都是独立的工种。还不论其间的种种细节，比如壶身与壶嘴相接需要用接头泥，壶流里面是否上釉。想要完成似乎没有特别的难度，但想做好却颇不容易。多数作坊精于一技，也是因为涉猎太广容易驳杂。

我在底上落款"睿明自在"。

豇豆红瓷壶

果树却忍不住。

他把近期做的壶形排列开来，很有几分惊喜。我说都没看你发过。他说一直在调整，总有这里那里的小细节不很满意。

与古时常见的瓷壶不同，这显然是为了今天的饮茶烧造。容量小，多在100毫升模样。样式仍部分借鉴紫砂——不得不说，紫砂壶在造型上的创造与成就，瓷壶难以比肩。

但也有瓷器的原创。比如这件他颇为得意，说景德镇没有，我说我看过，外销瓷。他微微一笑说瞒不过你。我说你比外销瓷的做得好，更精神，更讲究。他又笑笑说瞒不过你。

古代瓷壶泡茶，很少用如此小壶。外销瓷更不似中国人的喝茶，没有那么多精细讲究，壶跟着不必那么讲究。像是壶嘴与壶身连接处的内部，还要加球孔，防止茶叶堵住壶流。壶盖与壶身的密合性，过去既不太要求，也不容易做到。种种细节，大大提升了瓷壶的品质，但也大大增加了难度，尽管每处细节并没有不可逾越的障碍，但合在一处，往往超出想象。

慢慢磨，果树说。

我拿起一把烧好的白胎（其实这已经是一把白瓷壶，但还需要加彩，所以当作半成品，只叫胎），厚薄，分量，拿捏，处处趁手，说不出的舒服，试试水，出水劲道，断水利落。看得我直眼馋。

果树兄，给我点坯（烧好的叫胎，烧前叫坯），我想烧点缸豆红。

没问题，他说。

停了停，又问我："你豇豆红烧稳定了？"

"哪里能稳定。"

他又停了停，轻声说："烧坏了多可惜。"

我知道他慢慢磨出的壶。产量非常有限，自己还不够用。

数日后他打电话给我说备好了一些，请我派人去取。回来烧了几把，果然烧坏了不少，我也心疼，但豇豆红就是难烧，怎么办呢。

这些小壶他自己多加彩用在满樘系列的茶器里，我在底上却落款"睿明自在"，其实是他的自在堂。

但烧不好其实很不自在。好像做了对不起朋友的事。

不过，看着烧好的那几把，又自在起来，甚至，还有几分自得。

青花斗珐琅彩《春山图卷》

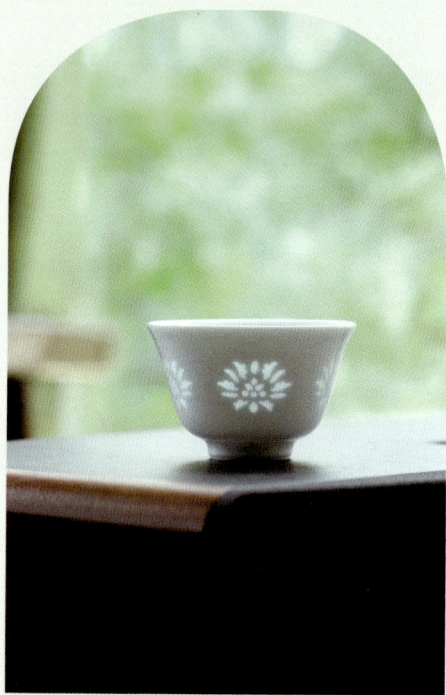

玲珑之光

它创造出另一种美，第一次，在瓷器上捕捉到光，以光为笔，绘出纹饰。

——涂睿明《古瓷之光》

（一）

景德镇四大名瓷耳熟能详：青花瓷、粉彩瓷、颜色釉瓷和玲珑瓷（青花玲珑瓷）。这个说法看似流传已久，是历史定论，细究起来却问题重重。首先青花瓷、颜色釉瓷器是大类，粉彩瓷是彩绘瓷（釉上彩）的一种，因为最有代表性，可以理解为以粉彩代指釉上彩。而玲珑瓷只是一项特殊工艺，类别归属雕塑类瓷器中雕刻工艺中的一种，最多算是三级分类，与前三者并列，别扭。

名气上更差得远：古玩行里极少会说到玲珑瓷，古董商大都毕生不得一见。斗彩、五彩、影青，哪个不比玲珑瓷历史悠久声名显赫。事实上，20世纪50年代之前，少有人知道玲珑瓷。

这当然与四大名瓷的身份很不相符。

但它的确后来居上，远比今天名震四方的斗彩地位显赫。

（二）

玲珑瓷的出现源于意外。

陶瓷上有一项悠久工艺：镂空雕刻。数千年前早期陶器中就

已现身，比如用陶做成竹篮。这类产品有一种奇巧。因为陶瓷固
有并引以为傲处是不渗水，做成镂空是避长扬短。却很能吸引人
们投来惊叹目光。所以，镂空雕刻虽不是主流，却生生不息。甚
至大航海时代，在西方也受欢迎，设计出国人没有的样式，要求
景德镇烧造。景德镇自然不辱使命，以至于今天在博物馆里还常
常可以见到。

　　虽然到清代这项工艺早已纯熟，但难免会有意外，甚至成就
了后来绝技。

　　瓷器表面有釉，釉忠实包裹胎体，紧贴顺滑，天衣无缝。
但有时釉也流动，甚至超出可控的范围，造成一些无法挽回的意
外，比如向下流动太多，流过底足就废了。镂空瓷器的烧造中，
偶尔出现类似的意外，釉向下流，居然把镂空的空洞给填上了。

　　匠人们立即发现妙处。填上的部分仍然能展现镂空效果，但
居然不漏水。

　　于是，一项新工艺的妙想由此而生，先做镂空，然后让釉把
镂空的部分又填上。匠人们付出怎样的努力已无迹可查，取得的
成功也寥寥可数。我在各大博物馆搜寻，从台北故宫博物院到大
英博物馆大都会，找来找去不足五件。

　　这更是让四大名瓷的说法显得不可思议。

玲珑盖碗

玲珑壶承

（三）

答案还要在历史中找寻。

1949年新中国成立之后，百废待兴，瓷业的恢复也刻不容缓。不过，民国以来，西方瓷业入侵本就对景德镇制瓷业带来重大打击，后来持续十数年的战争更让景德镇元气大伤。新中国成立后虽然逐步恢复生产，但日用瓷难以与西方瓷业抗衡。毕竟，工业化瓷器已是世界主流，景德镇手工艺虽在一些特殊品类上仍能引人侧目，但日常盘碗却没有竞争力可言。景德镇一面进行工业化改造，一面利用传统的手工工艺创收外汇——毕竟，现代化改造也是对手工工艺的改造。某些部分彻底的工业化，比如手绘改成贴花。但即便是改用工业化手段，景德镇瓷业也难以抵抗西方瓷业成熟的工业体系。倒是保留的手工工艺的制作，还能肩负出口创汇的重任。有没有既能体现手工工艺，又能一定程度工业化，还是西方所没有的呢？

试来找去，终于在玲珑瓷上取得突破。

于是，青花玲珑瓷成为一代人的记忆，产品在国内大受欢迎，还能有一定量的出口。在当时，这无疑是巨大的成功。

不过，为了便于量产并大大压缩成本，玲珑的部分做了极大的简化，绝大多数，都只剩下了圆点或米粒状的椭圆。于是民间也有称之为米通。

我小时候家里就有，虽是日常使用，却总会感到新鲜，吃完饭对光一照，哇，透光呢。

出口的部分当然也难登大雅。前几年翻拍雷洛传的港片《追龙》里，甄子丹出演的跛豪初到香港，困于社会底层，吃饭时，用的就是这种青花玲珑碗。

这也给人一个印象，仿佛玲珑瓷只是一种服务于大众的传统工艺，这真是天大的误会。

（四）

在台北故宫博物院撞见清乾隆玲珑缠枝莲纹碗时，真是惊得说不出话来。

它素白干净，没有任何色彩，玲珑的花纹，是精致华美又略带素雅的缠枝莲。这与常见的青花玲珑有天壤之别。

工艺上，它的难度不言而喻：虽然只是常见碗的造型，但要做到器形精准又轻薄莹润，并体现出永乐以来甜白釉的迷人神采。更重要的是，在此之上，还要进行镂空雕刻：这不是一般圆点，而是复杂精细花纹。这消失的花纹里，要填上特殊的釉。配方与覆盖全身的釉不同，包含着各自不愿公开的秘密。烧造时，由于有镂空雕刻，大大增加了变形破损的风险。细小瑕疵更难避免。于是，传世的玲珑瓷，凤毛麟角。

在写《古瓷之光》时，我就想要复刻这款经典。但这不是可以轻易尝试的工艺。我在暗暗等待时机。

玲珑茶器

（五）

前数月，玉柏玲珑瓷的董事长李辉丰前来造访，说经济学家何帆先生要来景德镇，他全程接待却不善言辞，不能很好介绍景德镇，希望我能陪同。

不几日，何帆先生果然到访。与我同游景德镇陶瓷博物馆，感慨颇深，离景后写下《景德镇不知道自己有多美》，标题引我反复对他说的一句话，原话是："景德镇不知道自己有多牛。"

那几日辉丰兄前后张罗忙前忙后，未及细聊。

忽有一日，我猛然想起台北故宫博物院的那个碗。又想到他的专长就是做玲珑瓷，还是家传。

辉丰是玉柏的第二代掌门。父亲李咸柏13岁当学徒，后进入光明瓷厂，迅速成为技术骨干。20世纪90年代退休创立自己的作坊，原是因为家里人口多，想多谋些收入。不想一做就做大做强，不几年，从一家小作坊，发展成有板有眼的企业。规模越做越大，成了玲珑瓷响当当的品牌。

不过彼时产品仍显老旧。等辉丰接班，又有了更大的雄心与野心，要把玲珑的特点进一步放大。

他说："万物皆可玲珑"。当然，他说的是瓷器，是其他品类瓷器与玲珑瓷的嫁接，是艺术家设计师利用玲珑进行的新创意新设计。

最博人眼球的是星空晚会：把上千个玲珑杯吊在空中，装上灯。入夜，屏熄灯火，忽然空中上千罩玲珑灯火亮起，群星闪烁。

（六）

于是我约他谈合作想法，说想复刻台北故宫博物院的玲珑碗，希望他能提供技术支持。他满口答应，只是多提了个要求，玉柏更擅长做规模化生产，降低成本，能让更多的爱好者感受玲珑瓷的魅力。

现在的玲珑瓷生产，已经发明出新的技术，行内叫做喷沙，简单说，就是在做好的坯上，用机械的方式完成过去手工镂雕的环节，精确，快速，大大降低生产成本。但也无法纯用工业化手段，仍然需要大量的手工，而且泥料的配方，瓷器的质地感觉，仍然保持传统的精彩。

我觉得这是个不错的提议。但对碗的复刻，坚持要用传统手工工艺，这是对经典的致敬，如临古画。但可以同时开发一款量产的产品。

顺理成章想到做一款盖碗，而大都会博物馆刚好就有一件。

今天盖碗多称三才，有杯有盖有托，其实早期盖碗都是两件，没有专配的托。今天盖碗从饮茶器变为泡茶器，托又变得可有可无，这种早期无托的盖碗又流行起来。器物的使用，也是三十年河东，三十年河西。盖碗变成泡茶器，喝茶就要有专用的小杯，而碗托现在常常用壶承代替。于是方案确定下来，一套盖碗，一块壶承，再配几个杯子。

两条线，同时进行。要求各不相同，工艺流程也大异其趣。

茶器的套组用电脑3D建模，迅速3D打印，很快可以确定造型，这在过去是不敢想的。有了定型的样式，接下来开始就可以开模做瓷样了。

盖碗与杯都通过机压成形，其实是古代模印工艺的现代改进。这种工艺今天在食品中仍然常见，比如一些糕点。

　　成型后再喷玲珑，玲珑处填釉，最后全身罩透明釉，只是底部圈足要空出来。我们今天用的杯盘碗盏，摸摸底足，绝大多数都是没有釉的。

　　玲珑碗的成型全用手工，拉坯利坯，之后雕刻玲珑，一笔一画，屏息静气，稍有不慎前功尽弃。之后的施釉是大同小异。

　　虽然说来轻松，玉柏也是生产玲珑的老厂，但其间仍多有反复。反复的也不过是些看似不起眼的细节：胖一分或瘦一分，高一分又或矮一分，重一分或轻一分。

　　还有泥釉料的配合，到底要有什么效果。比如胎体的泥白一些还是灰一些，釉偏灰偏黄还是偏青，玲珑眼的色调也有变化，组合起来，呈现出几十种不同效果。那天约我看试样，满满摆了一桌。最后选了两款，一款类青白，一款类甜白，做成套组最终再看效果。

　　等到最终完成，看一看时间，已经过去四个多月。

　　结果算得上满意。

　　无论是复刻的碗，还是成组的茶器。

　　虽然远远看去平平无奇，但光照入碗内的那一刻，纹样忽然闪透出来，如同光绘，初次看见，不免哇地叫出声来。

　　既保持传统工艺、文化和美学，又能让更多的消费者分享，不知道这算不算是一次有益的尝试。

玲珑茶杯

光照入碗内的那一刻，纹样忽然闪透出来，如同光绘。

艺术，及所爱的人

（一）

再次见到老友陈琴已经是八九年后。

一段温暖的爱情带她回来。

她那天带着文晖来我工作室，轻声地介绍：这是我先生。

文晖平淡地和我打个招呼，亲切中还有几分矜持。

也是搞艺术的，陈琴接着说。

一看就知道，我说。

陈琴接着递给我一个小卷轴，文晖画的。我展开一看，梅花，绿萼梅，真是惊喜，笔致潇洒，清气满屋。

陈琴十四岁学青衣，还做过主持人，从来是个美人。

后来在景德镇做瓷器。比我更早。

景德镇各路大神，没有她不熟的，或者说，没有哪位大神，不想和她相熟。

后来认识边爷边平山，也是经她引来，边老师是我大学时代偶像，他坐我对面，我茶都不知道要怎么泡。景德镇极少有人叫我小涂，连地方领导也客气的称涂老师。那天边老师直叫小涂，让我回到学生时代。第二天，边老师请我去他工作室吃饺子，受宠若惊。

陈琴没有经过科班训练，却有敏锐的感觉和强烈的好奇与冲动，雕塑、绘画，瓷本、纸本，釉上彩、釉下彩，山水、花鸟、抽象画。反正景德镇想做什么都有条件，她认识的大神又多，还

陈琴

一边创作一边收藏。多年下来，创作的作品之丰富，令人称叹。
她后来拜在崔如琢门下，更是大有进益，个展办到了法国。

　　陈琴是武宁人，武宁山水极美，她那阵子却漂在北京，真正
回到武宁是因为爱情。

（二）

　　俞文晖自幼学画，后来以广告为生。

　　2004年，法国秋季沙龙主席在北京偶然见到他的画，大加称
赞，并邀参加巴黎艺术城的画展，展览上又遇朱德群先生，驻足
观赏，评价颇高。这让他重拾了绘画的信心。后来在法国交流、

文晖作品

陈琴作品

生活、办展览。眼界见识大增。前些年在武宁做项目，爱上武宁山水，更遇到陈琴。陈琴其时还在北京，文晖说，你把北京工作室退了，回来武宁吧。陈琴就真回了武宁。

他们武宁的房子在西海边，如倪瓒笔下山水，文晖对陈琴说，在武宁有口粥喝，也不要去北京。那要是没有陈琴呢？我暗笑。

他爱鱼，除了画鱼，做鱼也是把好手，第一次去他们西海边房子，他整了条大鱼，亲手做了个全鱼宴。指着院子外面的西海，这里的鱼。

文晖2014年就到过景德镇画瓷器，觉得好玩儿，2018年又来，居然一住半年，画了五百多件。他画写意，梅兰竹菊是拿手戏，自己喜欢。又常画鱼，朋友们喜欢。梅兰竹菊最初纯是文人画题材，后来民间大受欢迎；鱼最初是民间吉祥题材，后来文人也爱。雅俗之间，原本就没有分明界线。但文晖追求画得文气，觉得自己骨子里是个文人。

（三）

陈琴在景德镇有工作室，只是没想到她武宁家中也弄了个工作室，还烧窑。但她说是女儿陈缘弄的。

女儿这么大了？

是啊，大学都毕业了，英国皇家艺术学院。

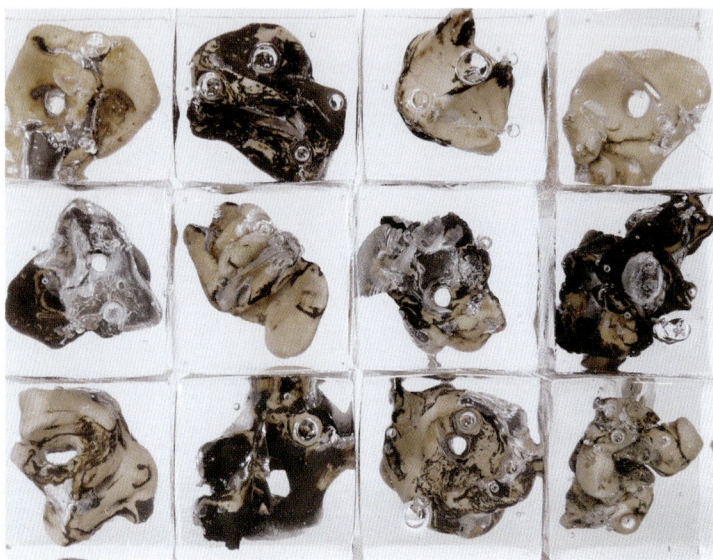

陈缘作品

那她比你出息。

陈琴笑，指这指那说你看这都是她弄的。

陈缘作品不少，很有自己想法。

（四）

那天陈琴文晖在我工作室聊天喝茶，看我做的那些瓶罐茶杯一时技痒。

睿明，我们画点。

我说好啊，随便拿。

她和文晖选了些素坯，又选了些白胎。素坯画青花，白胎画釉上彩。两人做瓷器多年，画什么，用什么材料，怎么画，怎么烧。全不用我操心。

只等烧成。

（五）

过些天陈琴打电话给我，说烧好了一些，她们还在武宁，让文晖拍些照片给我，文晖过去主业是拍广告，用哈苏。

对我们而言，这些都不过小试牛刀。几款小杯，几个小花瓶。

但几个小件，却跨越了那么多年。

陈琴、文晖画的观味杯

陈琴画杯子

　　我又想到那天在她家厨房的边柜上随意摆放的一些小作品。刚好其中一排，三个人的作品都有。文晖，陈琴，女儿陈缘。

　　我忍不住按下快门。

文晖、陈琴、陈缘，三人作品。

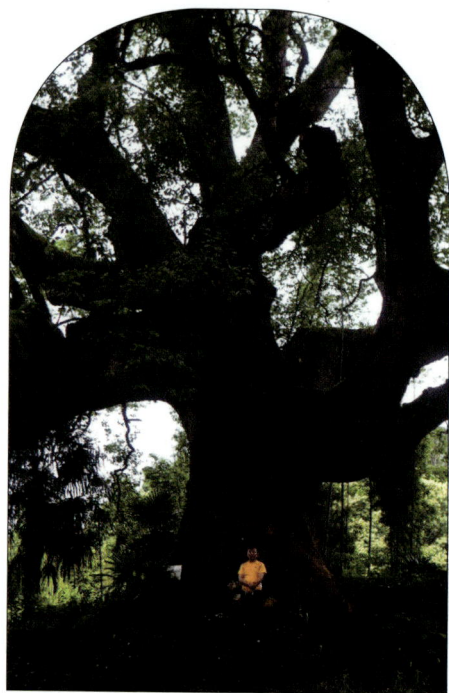

地球最远的两
点计划

导演张克明每天都很兴奋，每时都很兴奋。

陶瓷能做的东西太多了，陶瓷能做的东西太多了。

他不停念叨。那么多新鲜作品仿佛让他的语言变得贫乏。好像一个人面对太多美景，又不停快速切换。最后就只会说：

太美了。

（一）鸟声

张克明是世界著名的纪录片导演，他在日本NHK工作了十七年，获奖无数。包括全球最顶尖的BBC优秀纪录片奖，美国影评人协会奖，柏林纪录片电影节审查委员奖等一众奖项。2008年，他代表NHK拍摄了一部纪录片，向全世界介绍北京奥运会。2022年的冬奥会，他同样是纪录片的总导演，但这次他已回国多年。

我们数年前第一次见面在当代艺术家沈少民工作室，老沈工作室有一间电影放映室，吃完饭，张导拿出他的纪录片世界里山纪行系列中的《竹》，边放边讲。电影开头远远拍向云南的一个小村庄。画面优美。张导按下暂停键，问我们听到什么声音。没有人注意到。他回放了那个镜头，原来有淡淡鸟鸣，最容易被忽略的背景音。他接下来解释，说拍摄这个镜头时，录音师因为生病没能现场录音。于是他们咨询鸟类专家，了解当地最常见的鸟类，以及那种鸟在当季的叫声，然后再从专业的素材库中去购买。

为什么不能随便配点鸟叫声？

他说，在日本有少数几个专家可以听出来，如果被发现，是严重的问题。

国内没这么讲究。他说。

（二）偶遇

他对瓷器原本没有特别兴趣，无论在日本还是回中国。不想冬奥会前受邀来景德镇参加三宝论坛。会场上，他刚好坐我前排，椅背贴着他的大名。会议结束整晚在我工作室长聊，我跟他讲景德镇，讲瓷器，越聊越兴奋。一看时间，三点了。

他说这次时间太紧，一定要安排再来，这里实在有太多东西可以拍。

活动匆匆结束，他抱着我的五本书回去拍冬奥会。我说书太重我给你寄吧，他说书不怕重，一定要自己带。我当时还没领教过他的体能。后来才知道几本书对他实在不算什么。后来拍完宣传片他最后一个回北京时，剩余的设备加在一起超过一百公斤，因为设备太重，他乘火车，中途还要转车。

冬奥会闭环管理，他拍完片也出来不，在宾馆看抱回去的五本书——都是写瓷器的。

（三）拍电影

有天他给我打电话，兴奋地说其实可以拍部电影，纪录片电影。这个题材实在太好。既可以引起全世界的关注，又容易过审。这样的题材不多了。

这让人倍感兴奋，却觉得无比遥远。不过，谁知道呢，写书之前，出书也无比遥远。现在这已经是第六本了。拍电影或许也并不那么遥远。

未承想不久后景德镇市委宣传部林蓉部长约我，聊了聊申办东亚文化之都的事。这是中日韩三国主办的项目，前两次铩羽而归。评选的一个环节是播放申报片，再进行主题演讲。主题演讲稿希望我能写一写。这当然义不容辞，但我觉得更重要的是申报片。我想到张导。虽然只是个四分钟的短片，但这不就是电影的前奏或预告吗？于是跟林部长说，我来请个大导演。

（四）边角科

市政府立即郑重发出邀请。

头天晚上到达宴请，第二天一早就开始调研。四处走，四处看。

张导此前在日本一直是拍自然类纪录片，也包括世界遗产。在国内拍得最多的却是艺术家。最早是拍张艺谋，后来是蔡国

张导（左）与我（右）

强，然后希克，一发不可收拾，中国最重要的当代艺术家，前后拍了近两百位。他今年甚至计划有个展览，就叫张克明和他的朋友们。因为拍摄的过程建立友谊，很多艺术家也会送他一些小作品。他说展览的时候的影像，都是纪录片里没用过的，边角料，会特别有意思。我说这个好啊，不如你的展览就叫"边角料"，艺术家也不可能送大作品给你，也算"边角料"。

自然与人文他都占全了，仿佛是在为拍景德镇做准备。

（五）每天都很兴奋

景德镇弹丸地，从一个工作室到另一工作室，常常只是过条马路，离得再远，开车半小时也绰绰有余。

从早到晚，从一间工作室到另一间，虽然都是瓷器，却仿佛从一个世界穿越到另一个世界。

这让张导激动不已，直呼：瓷器能做的东西太多了，瓷器能做的东西太多了。

传统工艺、现代设计、当代艺术，各不相属，又有交织，让人眼花缭乱。

转了一周，像是待了数月。

（六）高岭土的高岭

景德镇向称水土宜陶。水是河水，土在山里，还要有燃料，都是树。水好，山好，树好，不做瓷器，也是美景。我工作室就在昌江河边，阳台正对大河，天气好时，我就在阳台上写作，引众多朋友羡慕不已。

但又不纯是美景，因为宜陶，陶瓷的陶。

比如高岭。

是山就有土，高岭的土不同，是制瓷的重要原料，它的发现具有划时代意义。被叫做高岭土，却是德国化学家李希霍芬命的名。其实高岭土全球分布广泛，引入陶瓷生产，是从高岭开始。

当初高岭土（那时还不叫高岭土）运下山，山下有码头，从码头装船运到景德镇。东埠码头今天还立着当年禁止垄断船运的碑文，可以想见当年运输业之发达。

不过其实他并没有到过高岭，当时高岭的高岭土也已经用得很少。事实上，高岭土全世界储量惊人，分布广泛。景德镇周边也有大量的开采。但人们不会忘记这位化学家，一座纪念碑立在村口一个拐弯处，对面是一座廊桥。游客自然在此驻足，看着镀成金色的头像，读一读头像边介绍的文字，恍然大悟原来高岭土是外国人命名的。

再往前几十米有一棵大树，千年以上树龄。克明兄激动不已，跑到树下恭恭敬敬地拜了几拜，他说这是真神啊，活了一千年。

我说先别激动。还有更大的。

转到村子后面，车停下来，一侧林木繁茂。起初并不以为意，稍走近一看，原以为的一小片林，原来只是一棵大树，不像村口大树直直向上，粗壮，威武，顶盔冠甲。这一棵却横生枝节，慵懒地向四面八方舒展开来。横枝粗壮如巨臂，单独看，也至少是数百年的老树。

主干就更不可思议。张导一路谈笑，在拜村口的大树后，还和我们说之前拍树的经历。这时候，完全说不出话来，毕恭毕敬走到树前拜了几拜，沉默许久。我不敢惊动他，不知道过了多久，他转过身，说给我照张相片吧。

（七）要想拍得不一样就要拍得不一样

视频要怎么拍。内容太多。三四分钟，怎么装得下？

我先提了个方案，叫《景·德·镇生活》。景是景德镇的自然环境，这种自然美又与景德镇的瓷业息息相关，叫水土宜陶，自然中有人文。德是景德镇的城市性格。这种性格由陶瓷产业塑造，最重要的是包容，无论古今中外，不管地域文化。镇生活是现状也是未来。

克明兄点点头。我心里也很没底。反正抛砖引玉。

过两天开始认真和我讨论起分镜头。

忽然有天早饭时，他兴奋地跟我说有了一个新想法。他想到一个人物的形象，一个视频博主，一个城市的录音师，它拍摄城市，采集这个城市的声音。再用声音去贯穿整个片子。

会非常好看。他兴奋地说。主角我都想好了，你的助手南汐就非常合适，还省得请演员。

南汐是景德镇土生土长本地人，形象气质都符合。

（八）现场永远比剧本鲜活

一个多月的调研与剧本写作结束，张导调集天南海北的摄影师、录音师、化妆师、灯光师，正式开拍。

赶上景德镇最热的天气，第一天，剧组就有三人中暑。那天拍一场高手聚会。一个误会让老向愤然离席。张导立马走过去，一面死死拽住（张导力大），一面拉着他说向老师，来来来，坐这儿——那是导演的坐位，对着屏幕。一会儿老向气消了，看得津津有味。克明兄后来说，他的镜头虽然拍完了，走了个人气氛就不对了。他说刚才这一出，要是助手能拍下，那就太好了。

老向是仿古圈大神，平日极客气，极和气。

（九）地球最远的两点计划

开拍前有几天空闲。我说去我工作室画瓷器。

照例先是觉得不行。架不住我撺掇。

写好待烧

我拿了几种不同的坯，平面的，立体的。先试盘子，平面的容易上手。

克明兄想了半天，终于动手画。画的竟然是世界地图。

为什么画这个？

是个大计划。

真是大计划：人类首次徒步跨越南极点与北极点。项目筹划了很久，训练了一年，预告片也拍了，新闻发布会也开完了，结果疫情来了，只好先停下来。

当他把地球最远的两点计划的文本发给我看的时候，我惊讶于

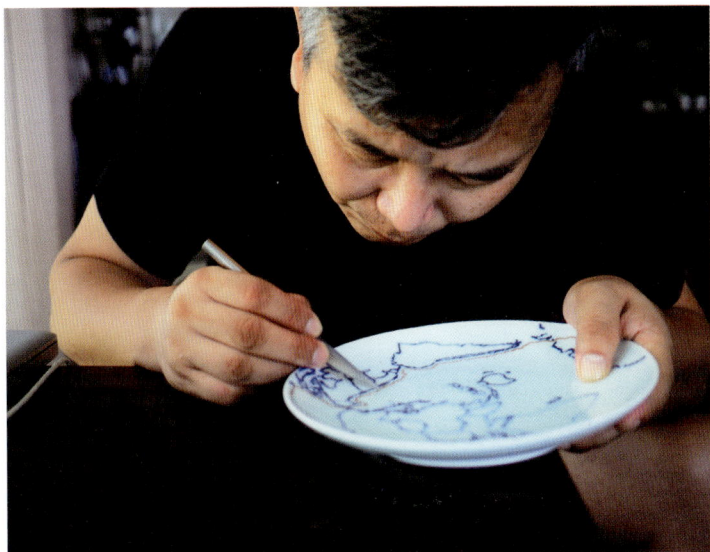

克明兄用青花画下一幅世界地图。

他文字的优美，结构的复杂。"这是我毕生的武功，有很多层的结构"。后来我们专门找时间聊了一下午，他一层一层剥给我看。

于是他用青花画下一幅世界地图，最后想勾出行程路线。我说不急，先把青花烧好，我再用金给你描出路线，会很漂亮。

他后来又把最喜爱的导演和影片用反青花的方式写在瓷盘上。越做越上瘾。

写到《雨月物语》时，我忍不住把电影翻找出来看了几遍，忽然发现自己可以读懂很多镜头语言了。于是有了我另一个写作计划里的第一篇，那个计划叫《电影里的瓷器》。

（十）告别

影片拍完他又多待了几天，一边整理一边还补拍了些镜头。整整两个月朝夕相处，终于还是要分别。

我和南汐送他去高铁站。他大包小包的设备，足有一百公斤。直到走过安检。他朝我们挥挥手，隔着层层的人流大声地说：

走吧。再不走，眼泪要流下来了。

张导（左）和南汐（右）